中外动物小说精品

我从20世纪80年代初开始写动物小说，已历时三十多载。我始终坚信，动物小说是最适合青少年阅读的文体。动物小说描写生命的传奇，揭示生命的奥秘，追问生命的真谛，感悟生命的内涵，拷问生命的灵魂，其实质就是生命文学。我常常为动物所表现出来的独特的生存方式而着迷，常常为动物行为所展示的奇特生命哲学而震惊。我希望通过传奇故事这种载体，将动物独特的生存方式和奇特的生命哲学告诉亲爱的读者，让他们获取精神成长的正能量，面对复杂多变的社会人生，变得更坚强、更勇敢、更自信。

沈石溪

动物是人类的一面镜子，
人类所有的优点和缺点，
几乎都可以在不同种类的动物身上找到。

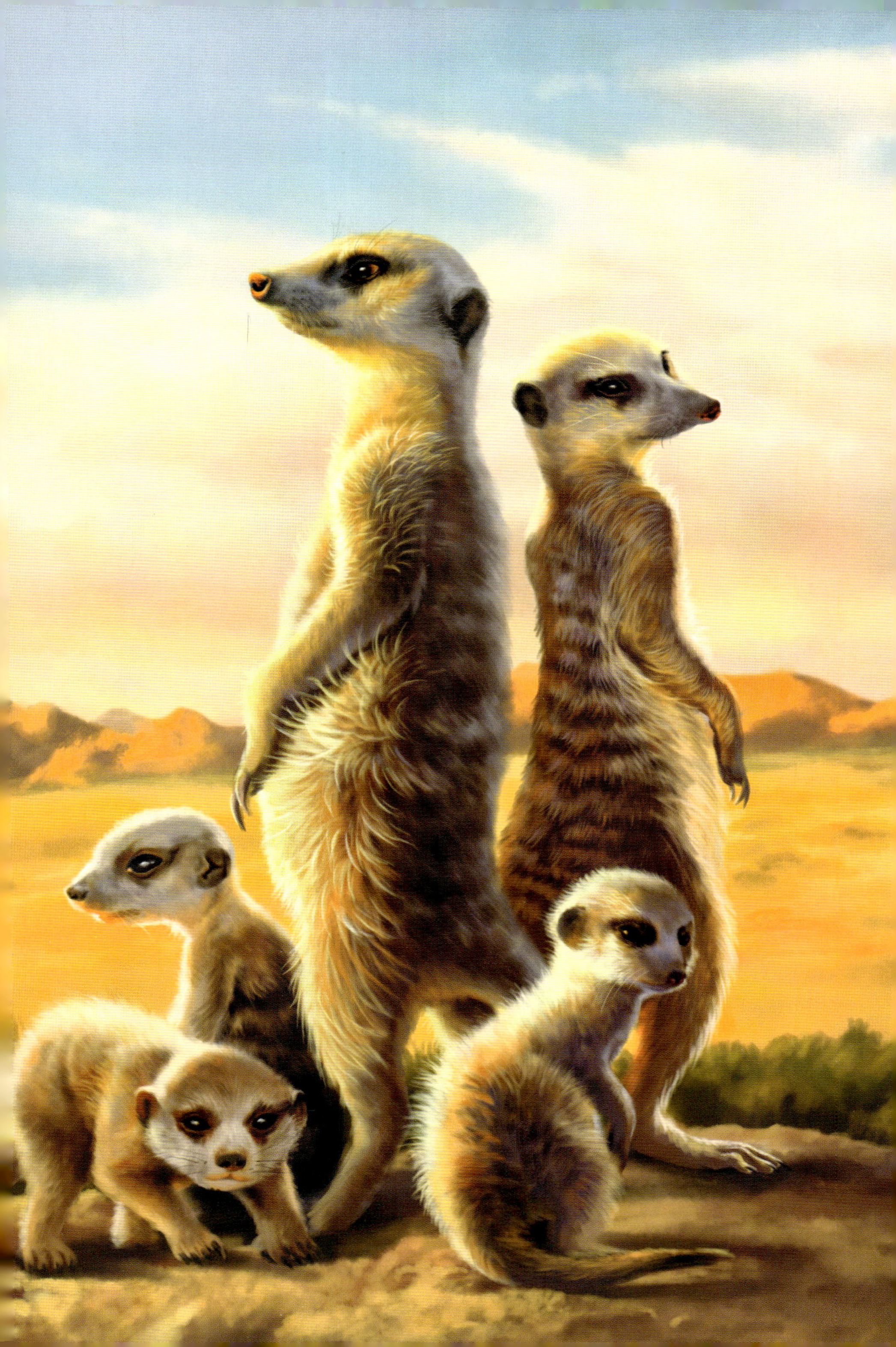

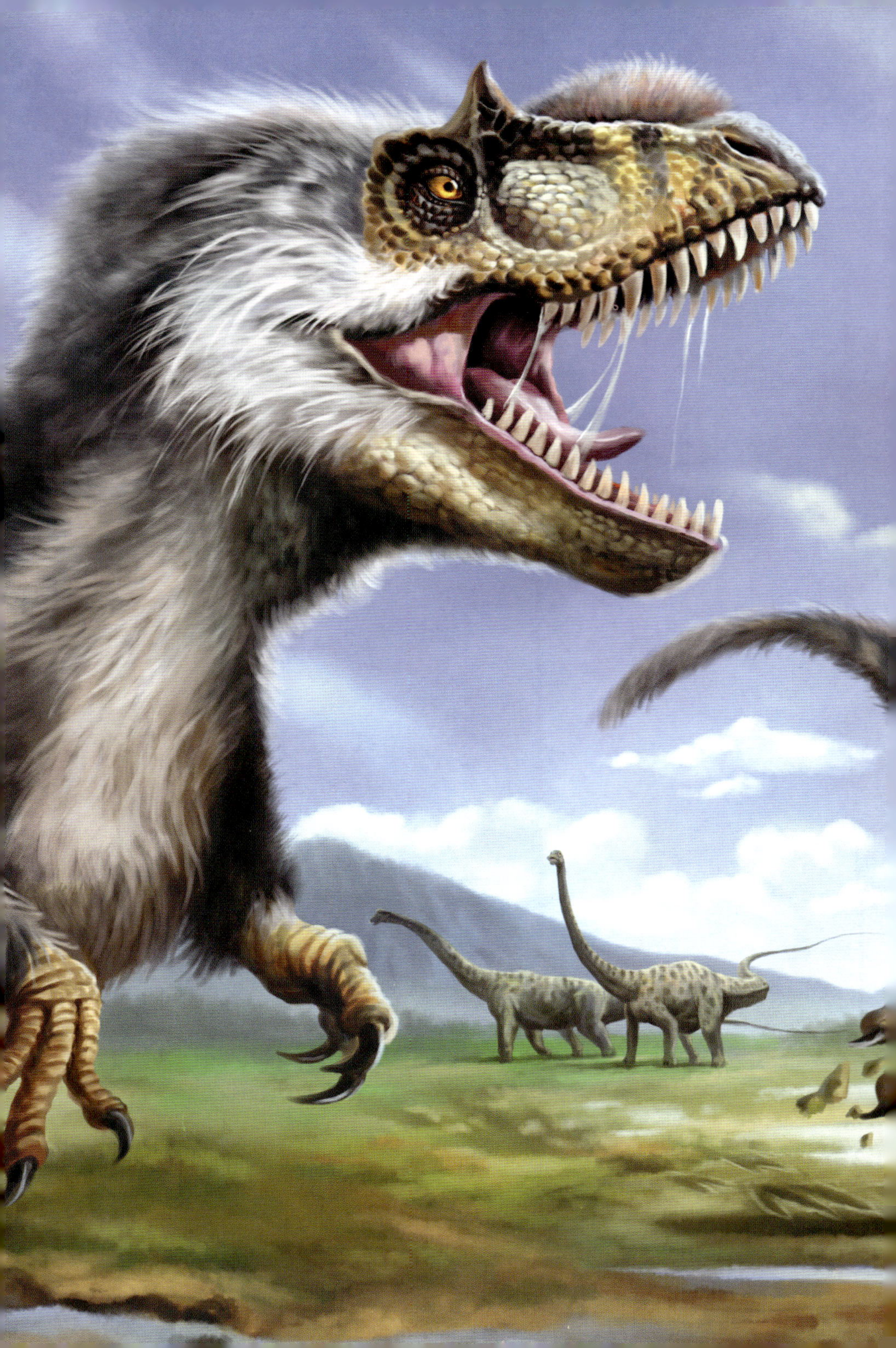

动物小说折射的是人类社会，
动物所拥有的独特的生存方式和生存哲学，
应该引起同样具有生物属性的人类思考和借鉴。

每个孩子都可以从动物伙伴的身上，
学到成长的道理。

中外动物小说精品（升级版）

海中鲸王

沈石溪 等 著

时代出版传媒股份有限公司
安徽少年儿童出版社

图书在版编目(CIP)数据

海中鲸王 / 沈石溪等著. —合肥：安徽少年儿童出版社，2021.1（2022.2重印）
（中外动物小说精品：升级版. 第六辑）
ISBN 978-7-5707-0855-0

Ⅰ.①海… Ⅱ.①沈… Ⅲ.①儿童小说 – 中篇小说 – 小说集 – 世界②儿童小说 – 短篇小说 – 小说集 – 世界 Ⅳ.①I18

中国版本图书馆CIP数据核字（2020）第160423号

ZHONGWAI DONGWU XIAOSHUO JINGPIN SHENGJI BAN HAIZHONG JINGWANG
中外动物小说精品（升级版）·海中鲸王　　　　　沈石溪等　著

出 版 人：张 堃	总 策 划：上海高谈文化	策划统筹：阮 征
责任编辑：郭 超	特约校对：陈百慧	责任印制：朱一之

出版发行：时代出版传媒股份有限公司　　http://www.press-mart.com
　　　　　安徽少年儿童出版社　　E-mail：ahse1984@163.com
　　　　　新浪官方微博：http://weibo.com/ahsecbs
　　　　（安徽省合肥市翡翠路1118号出版传媒广场　　邮政编码：230071）
　　　　　出版部电话：（0551）63533536（办公室）　63533533（传真）
　　　　（如发现印装质量问题，影响阅读，请与本社出版部联系调换）

印　　制：安徽新华印刷股份有限公司
开　　本：635 mm × 900 mm　　1/16　　印张：14　　插页：8　　字数：146千字
版　　次：2021年1月第1版　　2022年2月第5次印刷

ISBN 978-7-5707-0855-0　　　　　　　　　　　　　　　　　定价：22.00元

版权所有，侵权必究

序：动物小说的灵魂

沈石溪

20世纪上半叶，西方生物学派生出一门新的边缘学科——动物行为学。传统生物学与动物行为学在学术观念、观察角度、研究手段和考察方法等方面都有显著差异。传统生物学注重被研究者的共性，热衷于调查物种的起源、种群分布的情况，给形形色色的动物分门别类，根据动物的生理构造和特化器官，确定该归于什么纲什么目什么类什么科什么属；分析动物的食谱，解释某种动物与某种环境的依存关系；观察动物的发情时间与交配方式，了解动物的繁殖机制等。动物行为学家对动物的社会结构、情感世界和个体生命的表现投注了更多的研究热情，透过动物特殊的行为方式，从生存利益这个角度，来寻找产生这些行为的原因；在研究动物行为的同时，其严肃、理性的目光也注视着人类的行为，在动物行为与人类行为之间勾画出一条清晰可辨的精神脉络，给人类以外的另类生命带去温暖的人文关怀。

我喜欢读动物行为学方面的书。每当偷得浮生半日闲，躺在摇椅上，捧一杯清茶，翻开奥地利动物学家、诺贝尔生理学或医学奖获得者、动物行为学创始人康拉德·劳伦兹的《攻击与人性》，或者浏览美国生物学家、动物行为学先锋斗士E.O.威尔逊的名著《昆虫的社会》，我总是深深地被大师们严谨的学风、渊博的知识、犀利的目光、翔实的资料、风趣的语言和无可辩驳的论点所折服，心灵上受到强烈震撼，精神上产生巨大共鸣。我相信，动物行为学具有无限广阔的发展前景，能找出人类行为发生偏差的终极原因，是医治人类社会种种弊端的灵丹妙药，为人类把握正确的进化方向提供了牢靠的坐标。

这也许是我个人的偏爱，有点言过其实了。可动物行为学家们通过长期观察动物生活得到的许多例证，确实对人类社会具有振聋发聩的作用。

例如，关于大熊猫为什么会濒临灭绝，一般认为有两个原因：一是人类大量开荒种地破坏了大熊猫的生存环境；二是大熊猫食谱单一，只吃箭竹，属于适应性较差的特化动物。但动物行为学家却另辟蹊径，经过大量调查研究后认为，大熊猫濒临灭绝除了环境和食谱外，还有另外两个原因：第一，大部分动物都有巢穴，尤其是母动物产崽期间都要寻找一个隐蔽、安全的地方当作自己的窝，而大熊猫是典型的流浪者，头脑中没有"家"的概念，它们追随食物四处游荡，吃到哪里睡到哪里，产崽育幼期的母熊猫也同样如此，颠沛流离的生活对刚刚出生的幼崽来说显然是有害无益的，风餐露宿，再加上食肉动物的侵害，幼崽存活的概率很小；第二，丛林里凡生存能力不是特别强，而幼崽又须经过很长一段时间精心养育才能独立生活的动物，如狼、豺、狐、獾、鼠和鸟类等，大多实行双亲抚养制，雄性和雌性厮守在一起，共同养育后代，而大熊猫生性孤僻，雌雄间感情淡漠，各奔东西，谁也不认识谁，清一色的单亲家庭，母熊猫单独挑起抚养幼崽的重担。母熊猫通常一胎产双崽，但过的是没有窝巢的流浪日子，不可能一条胳膊抱一只幼崽走路，又没有配偶替它分担困难，所以只能在两只幼崽中挑选一只抱走，另一只幼崽就被遗弃荒野了。单身母亲的日子过得很艰难，遭遇危险时找不到帮手，头疼脑热时得不到照应，稍有不慎，唯一的幼崽便会夭折，繁殖后代、延续生命的链条就此断裂。

反观人类社会，许多人不珍惜温馨的家，把家看作累赘，把家看作牢狱、弃家不顾、离家出走、天涯飘零，去过所谓的潇洒生活，面对大熊猫濒临灭绝的事实，难道还不该及时醒悟吗？再看如今社会上越来越多的单亲家庭独木难支的困窘，是不是也该从大熊猫生存路上艰难的步履中吸取某种教训？

在动物面前，人类常常犯自高自大的错误。人类有一种根深蒂固的偏见，总认为自己是高等生灵，动物都是低等生灵；自己是天地间的主宰，动物是任人摆布的畜生。不错，人类是地球上进化最快的一种动物，会直立行走，会使用语言文字，用勤劳的双手和智慧的头脑创造出了无与伦比的现代文明。然而，人是由动物进化来的。地球上存在生命已有数亿年时间，人类的历史不过几千年，人这种动物在进化成人以前曾经过漫长的动物阶段，动物的本能、本性在人类身上根深蒂固，人类不可能在几千年短暂的进化过程中就把在数亿年中养成的动物性荡涤干净。科学家证实，文化属性与生物属性是构成人的行为的两大要素。人的一部分行为受制于社会大文化，传统势力、伦理道德、风俗习惯、政治说教、宗教戒条、法律法规、民情民风、乡规民约不断修正和规范你的所作所为，迫使你去做这件事而不去做那件事，这就是人类行为的文化动因。人的另一部分行为受制于生物本能，贪婪好色、权欲熏心、天性好斗、自私自利、妄自尊大、好逸恶劳、贪图口福、嫉妒心理等负面因素又时时让你产生难以抑制的冲动，驱使你去做那件事而不去做这件事，这就是人类行为的生物动因。假如某人的行为既出于合理的生物本能，又符合社会大文化的要求，那么他就是一个真实、自然的好人；假如某人的行为完全抑制生物本能去迎合社会大文化的苛刻要求，存天理灭人欲，那么他就是一个虚伪矫情的假人；假如某人的行为放纵生物本能，弃社会大文化于不顾，他就是一个凶残狠毒的坏人。有一个观点认为，人类一半是天使一半是魔鬼，讲的就是这个道理。

人和动物之间并不存在不可逾越的鸿沟，人和动物之间的差别也并没有我们想象的那么大。在某些领域，人和动物的差距是微乎其微的。稍有不慎，人就有可能变得像动物一样，甚至还不如动物。

我们只要用心去观察，就不难发现，在情感世界里，在生死抉择关头，许多动物所表现出来的忠贞和勇敢，常常令我们人类汗颜，让我们自愧弗如。

这就是动物小说的灵魂，这就是动物小说能超越时间和空间，为世界各地不同民族、不同肤色的一代又一代读者所喜爱的原因。

是为序。

目 录

"野狗"鲁卡 / 沈石溪 ·················· 001

海中鲸王 / [加拿大] 查尔斯·罗伯茨 ·················· 023

蟒蛇巴布 / 雨街 ·················· 043

野鸭一家 / [法国] 黎达 ·················· 079

黑闪 / 乔传藻 ·················· 103

小狗布扬 / [俄罗斯] 波·里亚宾宁 ·················· 157

鲸歌激荡 / 张剑彬 ·················· 169

企鹅之舞 / 王慧青 ·················· 185

虎鲸的名片 ·················· 211

编者注：本书中人类与野生动物的亲密接触，是在特定的情境下发生的，请读者切勿擅自模仿。

"野狗"鲁卡

沈石溪

危险的开阔地

长着两条蚕眉的黄营长，在坑道口刚把系在鲁卡脖颈上的装信的小竹筒摘下来，它便急速转身，朝响着爆豆似的枪声的四八七高地飞奔过去了。

下了营部所在地千凤山，有一片几百米宽的开阔地，但被界河对面敌军的好几挺高射机枪形成的密集火网笼罩着，只有大雾天或无月的夜晚才能通行。此刻正是晴朗的下午，万里无云，能见度极高。一队身穿迷彩服、奉命去增援四八七高地的士兵被火网阻拦在开阔地边缘的杂树林里。

鲁卡从队伍中间穿了过去。

一个头戴钢盔的战士认出它来，高声叫道："鲁卡，危险，回来！"

鲁卡没理他，跨出杂树丛，毫不犹豫地跃进没有任何遮蔽物的、光秃秃的开阔地。狗是有灵性的动物，它知道前面是名副其实的死亡地带。前几天它亲眼见到一头牯牛在晨雾消散时冒冒失失地闯进去，结果没走几步，浑身便被罪恶的高射机枪子弹的得像蜂窝。鲁卡很可能会落得和牯牛一样的下场。刚才从四八七高地来千凤山时，它已经冒过一次险了，幸好只是左耳朵被一颗流弹撕开了豁口，但谁知道这次能不能活着冲过去呢？它跟包括人在内的一切动物一样，也留恋生命，不愿意死。可是，一种发自心底的崇高的使命鼓舞着它冲进火网，因为它的主人费根银排长，此刻正在四八七高地的堑壕里和戴着绿色贝雷帽的邻国士兵鏖战，与面目狰狞的死神搏斗。作为狗，它有责任陪伴在主人身边，和主人共同经受战火的严峻考验。

刚踏上开阔地，蝗虫似的机枪子弹便向它扑来。子弹"咬"得它四周的山土簌簌作响，腾起一团团泥尘。高射机枪子弹与空气摩擦发出猫头鹰似的阴森森的叫声，折磨着它的神经。要是换一条在贵夫人膝下养尊处优的哈巴狗身临其境，肯定已经精神崩溃了，但鲁卡早已习惯了这一切。有两颗子弹贴着它的脊梁飞过，灼热的气流像毒蛇一样钻遍它的全身，空气中弥漫着一股狗毛被烫卷的焦煳味儿。它敏捷地就地打了两个横滚，避开了那些子弹。

"鲁卡，危险，回来！天黑了再走！"那位头戴钢盔的战士还在焦急地大声叫唤。

鲁卡知道，它只要现在转身钻进那片杂树丛，便摆脱了死神。但它没有回头，也没有停步，仍然朝前飞奔着。太阳刚开始西坠，离黑夜还隔着一个漫长的黄昏，它无法忍受等待的痛苦。它觉得提前一秒钟或延迟一秒钟赶到主人身边，都关系重大。它虽然不能像人类那样端起喷火的机枪，但它灵敏的嗅觉能报警，尖利的犬牙能扑咬，能及时提醒主人注意茂密的斑茅草丛中躲藏着的邻国特工，能精确判断出还在

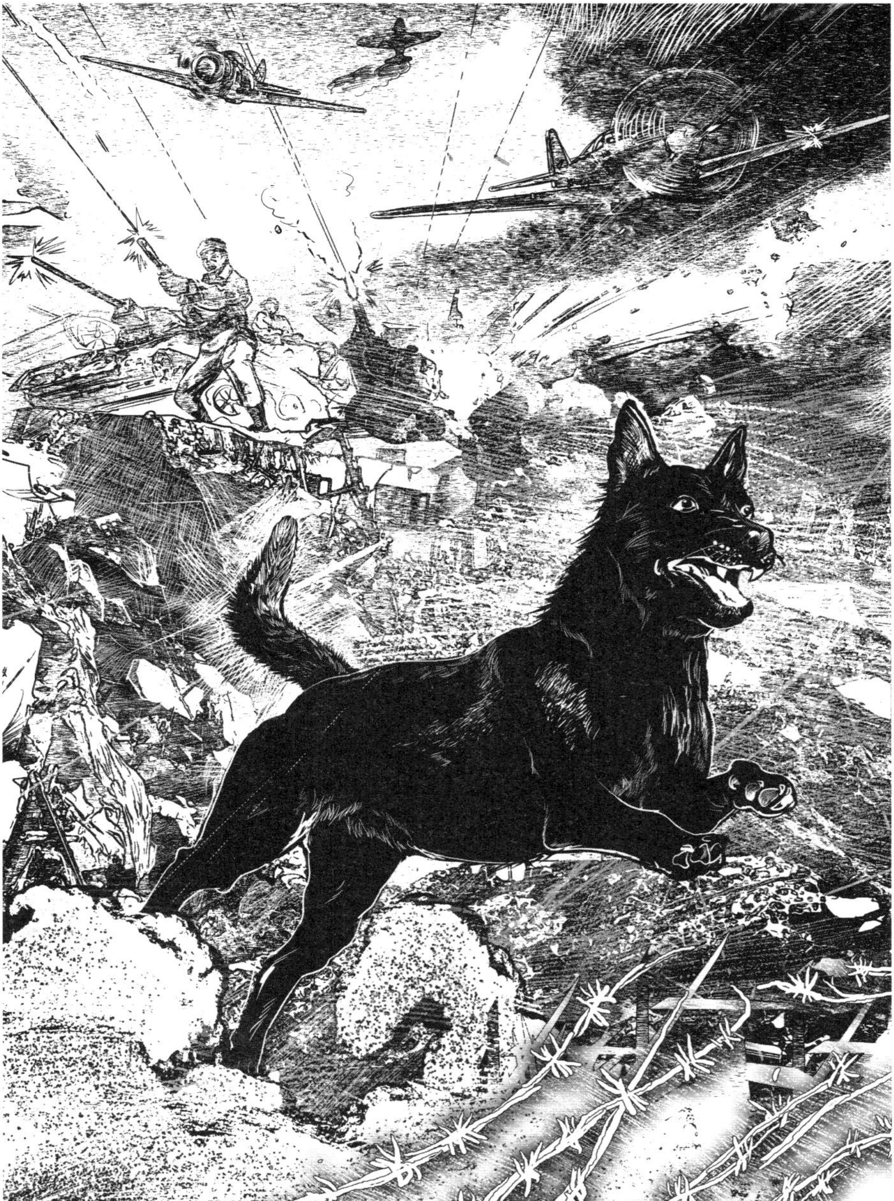

空中飞行的炮弹会落在离主人多远的地方，能运用狗的特长为主人排忧解难。人类在嗅觉、听觉、视觉等许多方面都远远逊色于狗，它必须尽早赶回四八七高地，在关键时刻助主人一臂之力。它判断主人一定处境危险，不然的话，不会让它冒九死一生的风险到营部来送求援信的。

那些它看不见但确实存在的"钢铁小精灵"像群饿极了的讨厌的绿头苍蝇，紧紧尾随着它。它左滚右翻，一会儿戛然止步，一会儿朝前猛蹿，一会儿走成"之"字形，使出浑身解数，躲避那些比瘟疫更可怕的高射机枪子弹。终于，它快跑到开阔地的尽头了，那里有一片遮天蔽日的乔木林，洋溢着绿色的生命的光彩。它拼足力气，朝乔木林狂奔。

被人类遗弃的野狗

它要报答主人的收容之恩，不，它要报答的是知遇之恩。知遇其实就是理解，这对它来说，是世界上最珍贵的感情。

鲁卡不是军犬，而是一条被人类遗弃的野狗。它出生于大山深处一个猎户家低矮潮湿的狗棚里，那儿的人们相当迷信。鲁卡的母亲是条血统高贵、美丽而凶猛的猎狗，但不知为什么，鲁卡却长相丑陋，眼角永远粘着眵目糊，鼻梁平塌，天生一张歪嘴，无法闭严的嘴角时时淌着又黏又滑的口涎。它长着一身乱糟糟的、没有光泽的黑毛，像锅底一样黑，从小就患有疥疮，好几处体毛脱落，露出难看的青白色的狗皮。这是一条十足的癞皮狗。就因为它这副丑相，在一个伸手不见五指的夜晚,它被猎人装进一只背篓,送过三座山三条河,丢弃在了野地里。

那时它还没断奶,靠着顽强的生命力,它竟奇迹般地活了下来,变成一条无家可归的野狗。野狗的生活很自由,吃了睡,睡了吃,不用看家护院,也没有公差勤务,想玩就玩,爱到哪儿就到哪儿。森林里有的是青蛙、田鼠、树熊、野兔,千凤山一带终年阳光融融,没有饥寒之虞。但狗天生过不惯安逸舒适的日子。自由对狗来说是一种奢侈。狗是劳碌命,生来就受人类支配,供人类役使,被人类管制并依附人类而生存。自由的野狗生涯并没使它觉得幸福,反而惶惶不可终日,甚至产生出一种命途多舛、漂泊不定、找不到归属的痛苦。随着年龄增长,这种痛苦的感觉也日益加剧。

对狗来说,成为丧家犬是一种耻辱。

它渴望回到人类身边去。它渴望温暖的火塘,渴望能有间遮风挡雨的狗棚,渴望能有个爱它也善于支配它的主人,渴望当它为主人立下汗马功劳后主人能赐给它两根啃过的肉骨头——最好别啃得太干净,要留着肉渣和软骨……

它开始寻找主人。

它闯进一家茅寮,一个扛着犁铧的农家汉子一见它便大呼小叫起来:"该死的野狗,快拿棒棒来!"幸亏它逃得快,不然准被打断狗腿。它闯进一幢小洋房,一个打扮得珠光宝气的女人一见它就像看见了鬼似的惊叫一声,躲进一个西装革履的男人怀里说:"丑狗,野狗,不,是狼,是狐狸精……"它只好转身逃之夭夭。

它冒冒失失地闯进过几十户人家，都被粗暴地撵了出来，但它仍然执着地寻找着。

半年前的一天傍晚，它偶然路过四八七高地，见一群头戴钢盔的军人正蹲在坑道里吃晚餐，它抱着侥幸心理，远远地站在沟沿上向那群军人摆动尾巴。没人理睬它。它轻轻叫了两声，继续进行尾部操练。终于，一位戴着肩章的军人发现了它，端着饭碗朝它走来，身后跟着一群战士。他就是后来的主人费根银。

"是来串门做客的，还是来参军的？"

它剧烈地摆动尾巴，表示自己的决心。

"排长，要不得，"一位圆脸蛋战士对费根银说，"瞧它的狗毛都脱落了，准生着疥疮，会传染的。"

"怕啥，"费根银说，"泡点肥皂粉给它洗个澡，涂点硫黄软膏，几天就会好的。"

"排长，瞧它的模样，歪嘴塌鼻，按俺老家的说法，这是条祸狗，怕会给咱们阵地招灾呢。"

"瞎扯。军人还讲迷信吗？"

"它实在长得太丑了。要养狗，也得找条漂亮点的。"

"又不是选女婿、招驸马，讲什么漂亮。瞧它四肢细长有力，胸脯肌肉饱满，牙齿结实，好好调教一下，准会成为一条好猎狗，不，会成为一条好军犬的。"

费根银说着，从搪瓷碗里夹起一大块午餐肉，朝它扔去。它敏捷地往前一蹿，在半空中把肉叼住，赢得一片喝彩。

"好，考试就算通过了，留下吧。"费根银拍拍它的脑门说。它的眼里激动得流出了泪水。

回到四八七高地

它终于蹿进乔木林，踏上山背那条崎岖的羊肠小道。敌军的高射机枪再也无法威胁它了。它从容不迫地小跑着，突然察觉到四八七高地上激烈的枪炮声、厮杀声和呐喊声逐渐平息，心里产生一种不祥的预感，于是心急火燎、四蹄生风，踏着沙砾、踏着草叶、踏着松软的山土，朝四八七高地飞奔。

四八七高地一片死寂，只有几朵紫杜鹃在山风中摇曳，"沙沙沙"，发出轻微的叹息声。不难看出，这里刚刚经历了一场残酷的搏斗，很有可能是邻国士兵在猛烈的炮火的掩护下，攻入堑壕。我方忠勇的战士子弹打光了，就用刺刀、铁锹、手榴弹、十字镐与敌人同归于尽……

三两只乌鸦从空中飞过，地面上恐怖的黑影移动着。

鲁卡开始寻找自己的主人。血腥味太浓了，它灵敏的嗅觉都失灵了。找了好半天，它才在阵地左侧一块兔形的磐石背后找到了费根银。他扑倒在血泊中，侧着脑袋，脸上沾满土屑和血丝，英俊的面容上凝固着一种痛苦和遗憾的表情，漂亮的草绿色军服被战火烤得焦黑。他的背部有个弹洞，伤口上的血已经凝固了。它蹲在地上，在主人耳边热烈而急切地吠叫起来。

醒醒吧，醒醒吧，你忠诚的鲁卡回来了！

它叼住主人的衣袖拼命拖曳。

醒醒吧，醒醒吧，鲁卡不能失去你的爱！

它用舌尖轻轻舔着主人的眼皮。

然而，主人静静地躺在地上，没有知觉，没有声息。它打了个寒噤，突然产生一种深深的内疚——它回来得太晚了。要是它早赶回来一分钟，也许主人背上就不会出现那个致命的弹洞了。它蹲在主人身边，一声接一声凄厉地哀号。

主人待它太好了，一日三餐供它热食，治愈了它身上的疥疮，还在坑道壁上挖了个狗洞，使它有了栖身之所。

然而，主人永远安息了。

阵地上的人、石头和空气都是僵硬的。鲁卡叫哑了嗓子，静静地僵卧在主人的怀里。突然，它发现离主人费根银五六米远的乱草丛中躺着的一具"尸体"蠕动了一下。它以为是自己眼花产生的错觉，眨眨眼再仔细一瞧，"尸体"确实在动，还发出一声轻微的、嘶哑的呻吟。那人仰卧在地，头埋在草叶间，虽看不清眉眼，但瞧着它所熟悉的、镶有五角星的鲜红领章，它知道是自己人。它一阵兴奋，迅速跃过去，利索地扒开草叶——是四班长苑竹平。

四班长苑竹平长得眉清目秀，是四八七高地公认的美男子。此刻，虽然他的下半个身子浸泡在血污中，死神还在他身上徘徊，但仍掩盖不住他俊美的神采：笔挺的鼻梁、飞扬的剑眉、方正的脸庞和那口洁白整齐的牙齿，没被选到北京的仪仗队去真是屈了才。他腿部负了重伤，他已虚弱到了极点，连喘气都很困难。

它咬住苑竹平的衣肩，费了好大劲，才将他拖靠在土坎上。他仍处于半昏迷状态，一面下意识地呻吟着，一面舔舔干裂的嘴唇，说道："水……水……"

阵地上的水缸、水罐和水泥蓄水池都已被炮弹轰得稀烂。鲁卡的眼光不由自主地移向箐沟里的那条界河。界河宽约两尺，水深没膝，水清得发蓝，带着野花的芳香，在潺潺流淌。它知道，宁静的界河周围只要稍有动静，我军的炮火便会在界河边筑起一道火墙，而与四八七高地对峙的敌军阵地也会撒来一面火网。

想到这些，它犹豫了，但它绝不是怕死。要是此刻是费根银需要喝水，哪怕前面是刀山火海，它也会去闯的。

但苑班长是这样讨厌它，鄙视它。

"水……白兔……水……白兔……"四班长苑竹平仍在发出梦呓般的呼唤。

鲁卡这才发现白兔没了踪影。白兔不是兔子，而是四八七高地上豢养的另一条白狗的名字。苑班长非常宠爱白兔。白兔到哪儿去了？白兔即使牺牲了，它的遗体也应该出现在苑班长周围呀。难道白兔在关键时刻背叛了主人？

小狗白兔

费根银收留鲁卡不久，苑班长便从猛硐集市上带回了白兔。

好像是老天爷故意要衬托鲁卡长得丑似的，白兔漂亮得就像个王子一样。它浑身毛色雪白，体态匀称，五官秀美，叫起来音色柔和圆润。那条狗尾巴又粗又长，像是用白绸缎编织成的，光滑明亮。尤其一寸左右的尾尖，奇迹般地长着一撮红毛，鲜红鲜红的，像一簇在雪野里燃烧的火焰。本来苑班长就不怎么喜欢鲁卡，白兔来到阵地后，它就更加被冷落了。

白兔是在人类温暖的火塘边长大的，从小就学会了一套抓乖卖俏的本领，很快便受到战士们的宠爱。譬如，苑班长一声吆喝，它立刻会跑过来，一遍又一遍地舔着苑班长的鞋子，还前足腾空直立起来，扑进苑班长的怀里撒娇。战士们拿苹果、饼干逗它，它会翻跟斗、匍匐前进、腾跳扑跃，引得大家哈哈大笑。它见到每一个战士都甜腻腻地摇动尾巴。它的尾巴摇得潇洒柔美，像端午节的龙灯，像炫目的飞蝶，像耀眼的节日焰火，像幻化的舞厅灯光，也像被雾丝纠缠着的红玫瑰。这真是一门艺术，站在它面前的战士，总忍不住俯下身来，用手掌爱怜地摩挲它的脑门、捋顺它的体毛。每次开饭，苑班长都把白兔唤到身边，和战士们一道围个圈蹲在菜盆旁，战士们纷纷扔给它雪白的大米饭和啃了一半的肉骨头。

鲁卡无法享受到这样的恩宠，它只能孤零零地站在一旁淌口水。有时它实在看得眼馋，也想学学白兔那些讨人喜欢的本领，但它从小远离人类，不善此道。其他不说，光说摇尾巴，它就不是白兔的对手。鲁卡的尾巴摇起来总是刚猛过剩，柔美不足，扑棱扑棱，左扫右甩，溅起泥星土屑，本想讨好结果反遭白眼。孤独的野狗生活，使它的性格变得内向，像保温瓶似的，把热情都藏在心里。即使面对它所敬重的主人费根银，虽说恨不得立刻为他赴汤蹈火，但也不会去舔他的鞋子，更不会扑进他怀里撒娇。它只是一步不落地跟在主人身后，或者警惕地竖起耳朵，冷峻地伫立在主人身旁。它想学得乖巧些，却怎么也学不会。

有时候，它也颇不服气。别瞧白兔会摇尾巴，会翻跟斗，会躺在苑班长怀里"呜呜"学猫叫，会参加战士们捉迷藏的游戏，但它鲁卡也有白兔所不及的长处，例如撵山狩猎的本领。有一次，它们同时追捕一只黄鼠狼，白兔追了一半就气喘吁吁地跑不动了，是鲁卡一追到底咬断黄鼠狼喉管的。白兔的听觉和嗅觉也比它逊色多了。一天半夜，两个邻国特工想来四八七高地摸哨，是鲁卡先听到山坡下灌木林里有异常的响动，又闻到异常的气味，于是用嘶哑的嗓子汪汪吠叫报警的，而白兔只不过跟着它叫唤而已。还有，白兔的胆子也不如它大，在阵地上巡夜值勤，哨兵一离开，它就钻进狗棚不出来了。遗憾的是，苑班长似乎并不特别看重鲁卡的这些长处，也并不因为白兔存在这些缺点而减少对它的宠爱。

一天晚饭后，战士们在阵地上玩起"过地雷阵"。这是一种军事演习和游戏相结合的娱乐活动，将四颗教学用的假雷埋进一片松软的山土中，看谁在最短时间里找到并取出雷来，谁不幸踩中了雷是要倒扣分的。好几个战士都邀请白兔帮自己找雷。白兔有时候能准确找到埋雷的位置，但更多的时候却是帮倒忙，乱蹦乱跳地踩中了雷，引起一阵阵哄笑。鲁卡在一旁看得心里痒痒的，不知不觉挤进人群。要是谁找它帮忙，它绝不会让他失望的。白兔，你真是傻瓜，雷就埋在你左侧半步远的地方呢！鲁卡眼看白兔即将错过埋雷点，忍不住冲过去想助白兔一臂之力，但它刚跑到白兔身旁，苑班长就冷不防斜冲过来，扬起手臂驱赶："去去，走开，走开，别把你的疥疮传染给白兔！"

其实，它的疥疮早就被费根银治好了，虽说狗毛还是斑斑驳驳的。

它无趣地走开了，走到山顶的水泥岗棚边，让猛烈的山风吹散郁结在胸中的忧伤。这时，费根银来了。他是四八七高地最高指挥官，工作繁忙，难得有闲暇来陪伴它。

"唔，伙计，别伤心了，"费根银坐在它身旁，用深沉的目光凝视着它说，"我晓得你比白兔强。你用不着去跟它比，你是猎狗，不，你会成为一条好军犬的。供人玩耍，给人逗乐，那是哈巴狗的德行。伙计，记着我的话，总有一天，人们会认识到你的价值，看到你美丽的灵魂……"

它虽然听不懂人类的语言，但它从主人充满感情的语音中，从主人宽大厚实的手掌的深情抚摸中，感受到了一种信任、期待、希冀，以及对狗来说很深奥的生活哲理。

它感动得流下了泪水。

残忍的敌兵

"水……水……"苑班长还在艰难地呻吟着。

鲁卡仅仅犹豫了一秒钟，便羞愧难当。在这种时候，怎么还去计较个人恩怨呢？它爱主人，也爱主人甘愿为之洒尽热血的这块土地，当然也爱和主人同吃一锅饭、同睡一个坑道的亲密战友。对它来说，主人、主人守卫的国土、主人挚爱的战友，是一个整体，它应当同样的忠诚，不然的话，便是不忠和亵渎。它不再多想，用爪子在土堆里刨出一只口缸，叼起来向箐沟里的界河奔去。

非常幸运，它没碰上任何麻烦，就从界河里舀得一缸水。当它衔着口缸好不容易爬回山腰时，猛然听到四八七高地传来一阵异样的响动，好像是有人在恶毒地咒骂，嗓子黏涩嘶哑，声音低沉短促，带着一种要把对手置于死地的刻骨仇恨。

鲁卡三蹿两跳登上高地，不由得大吃一惊：一个头戴贝雷帽、满脸血污的邻国士兵，握着一把明晃晃的铁锹，摇摇晃晃地向苑班长逼近。敌兵那双很有东南亚特色的眼里闪烁着一种嗜血成性的残忍凶光，高挺的鼻梁也兴奋地扭歪了。他步履蹒跚、趔趔趄趄，仿佛喝醉了酒。毫无疑问，这是一个刚刚从尸体堆里爬起来的人，也许刚才是被炮弹震昏的，而现在醒了。

直到敌兵走到苑班长跟前，苑班长仍然神志不清地躺在土坎上。敌兵狞笑着，将铁锹高高抡起……

鲁卡气得浑身颤抖，于是放下口缸，悄无声息地往前猛蹿，像一道黑色的闪电。就在敌兵抡起铁锹朝苑班长的头部劈下去的一瞬间，它用一个梯形扑击，一口咬住敌兵的胳膊，"哐啷"一声，铁锹掉在岩石上，溅起一簇火星。

敌兵被这突如其来的攻击惊得连连倒退。鲁卡不等他站稳，便接连扑咬。它知道，一条狗是很难敌得过一个强壮男人的，何况人还会使用武器。最好的办法就是不给对方喘气的机会，这样或许还有取胜的希望。

敌兵的衣裳、裤子被它尖利的爪子和犀利的犬牙撕咬成碎片。要是这家伙是个初出茅庐的新兵，这时恐怕早就魂飞魄散地败下阵了，但眼前这家伙胡子拉碴的，是个久经沙场的老兵油子，不仅忍住了鲁卡这通凌厉的撕咬，居然还在忙乱中看清攻击他的是一条其貌不扬的草狗。于是，他一面举起左手，镇定沉着地挡住鲁卡的攻击，一面用右手在草丛中摸索。突然，他抓住一支铁柄冲锋枪，朝鲁卡横扫过来。鲁卡只顾扑咬，来不及躲避，右前腿被冲锋枪的铁柄砸了个正着，疼得它惨叫了一声，一瘸一拐，扑咬的速度显然放慢了。敌兵乘机拉响枪栓，"咔嗒"一声脆响，子弹上膛了，黑森森的枪口对准了鲁卡。

鲁卡认出这种细长的铁管，知道铁管里会放射出"钢铁小精灵"，凭它的智慧和体魄，是无法战胜这些小精灵的。铁管近在咫尺，小精灵会准确地钻进它的体内，将肠子和心肺扯拉出来。

要逃避还来得及，它的左边是块扇形的岩石，右边是斑茅草丛。它可以转到岩石背后，凭着狗的灵敏的嗅觉和听觉，和敌兵捉迷藏绕圈子；它也可以钻进草丛，在茂密的草叶的掩护下逃之夭夭。

扑上去是死亡，躲闪是生路，它只有百分之一秒的时间选择。它不能避开，给死神让道，只要它还活着，它就不能让躺在自己身后的苑班长暴露给这个残忍的敌兵。

它迎着枪口奋不顾身地扑上去。枪响了，一瞬间，它的脑子里掠过一个念头，希望苑班长此刻能从昏迷中清醒过来，能看见它现在的行为。这绝不是为了炫耀自己，也不是想邀功请赏，它只是渴望苑班长能冰释对它的误解，再也不要把它看作野狗了。

未婚妻事件

苑班长他们宠爱白兔，不喜欢鲁卡，它只好认了，因为它无法改变人们的审美观。但它无法忍受的是，他们又把"野狗"的恶名安在它的头上。

唉，可恼的未婚妻事件。

那是一个星期前的下午，它像往常那样守在通往阵地的路口，警惕地注意着四周的动静。突然，山路上姗姗走来一位身穿连衣裙，打扮入时的姑娘，浑身散发出一股香味儿。

它从来没见过她。阵地上也从来没有过这种香水味，一向只有坑道的霉味、战士身上的汗酸味和弥漫在空中的硝烟味。

它警觉地冲着姑娘吠叫起来，一方面是报警，另一方面是让姑娘停步等待哨兵来查问。

要是她老老实实地站着不动，鲁卡是不会那么鲁莽地在她腿上咬一口的。要是鲁卡早知道她是苑班长的未婚妻，或许会原谅她的放肆。

姑娘根本无视它的警告，仍然往阵地走来，还捡起一根树枝，矜持地朝它挥打，神气地吆喝道："滚开，别挡道，滚开！"

鲁卡愤怒了，这等于是无视它的存在、无视它的尊严。它咆哮一声扑上去，朝姑娘粉嫩的小腿咬了一口。它还算是口下留情，没敢真咬，只是想吓唬吓唬她，咬掉点她的傲气。姑娘小腿上只是留下两行犬齿的紫血印。

骄傲的姑娘突然尖号起来。战士们拥出坑道奔跑过来，苑班长跑在最前头。姑娘一下扑进苑班长的怀里，哭泣道："该死的野狗……咬我……疼死我了……哎哟……"

鲁卡还得意地朝苑班长摇尾巴呢，它认为自己如此忠于职守，没让陌生的姑娘闯进阵地来，会得到夸奖和犒赏的。岂料苑班长顺手捡起姑娘丢在地上的树枝，劈头盖脸地朝它抽打过来，打得它晕头转向、呜呜惨叫。

"是该打，"一位胖乎乎的战士一面安慰那姑娘，一面气愤地说，"瞧它把班长的未婚妻咬得多惨。人家万里迢迢，不顾危险，跑到阵地上来相亲，竟然被咬了。真是条歹狗！"

"瞎了你的狗眼！"另一位高个子战士也指着它骂道，"现在社会上有几个姑娘瞧得起咱山头大兵，肯跟咱相好的？你怎么偏偏就朝心灵美的姑娘乱咬呢？"

"哎哟，疼死我了，"姑娘仍在伤心地哭泣，"这腿上的狗牙印怕是一辈子褪不掉了，叫我以后怎么穿裙子呀！"

苑班长白皙的脸憋成猪肝色，树枝像雨点般落在鲁卡身上，苑班长喘着气骂道:"叫你咬……"

它这才知道自己犯了一个不可饶恕的错误。它既不躲避,也没逃窜,任凭树枝在身上抽出一道道血痕,任凭一簇簇狗毛被树枝抽下后在空中飞舞。但愿苑班长和他的未婚妻能因此出气解恨,原谅它的罪孽。

"野狗,真是一条地地道道的野狗!"

"这种野狗,本来就不该收容它的。"

"不要它,赶它走。"

"滚,滚得远远的!"苑班长狠狠地在它身上踢了一脚。

"滚,滚!"有几位战士拿着扫帚、柴块来撵它。

它逃进了森林。

它觉得委屈,主人费根银交代的任务就是让它日夜守在路口,阻拦坏人混进阵地。它怎么知道姑娘是好人并且是苑班长的未婚妻呢?就算是它错了,不该咬她,它愿意接受任何惩罚,也不要撵它走,不要骂它是野狗。这比打断它的腿、打折它的腰更使它痛心十倍。

半夜,它又从森林里悄悄潜回四八七高地。它不愿意离开家,不愿意再去当野狗。

翌日清晨,苑班长发现它回来后,又提着木棒把它撵走了,但一转身,它又溜回阵地。直到两天前的傍晚,费根银从团部开完会回到阵地,才制止了这毫无道理的驱赶。

尾巴断了

敌兵拿起冲锋枪朝鲁卡射去，完全是侥幸，子弹竟没有射中它。它一口咬住他的手腕，不管他怎样用枪管和铁柄敲它的脑袋，戳它的鼻子，它都不松口。"砰"，枪声又响了。这次它听见"咔嗒"一声脆响，跟着屁股上一阵刺骨的疼痛。它回头一望，原来是自己那条旗帜般高高竖起的尾巴被子弹打断了，它忍不住一阵伤心。人类很难理解狗尾巴对狗的价值与作用：狗尾巴能驱蚊赶蝇；能像舵一样指挥狗，在扑跃时让前爪精确落到目标上；竖起狗尾巴，表示愤慨和力量；夹紧狗尾巴，表示投降和臣服；摇动狗尾巴，表示友好和信任；卷紧狗尾巴，表示满足和惬意……

此刻，金贵的狗尾巴被这敌兵打断了！

伤心变成狂怒，变成嗜血的野心，变成一团复仇的火焰。它尖利的犬牙深深刺穿了敌兵的手腕，它的舌头尝到了咸腥的热血。敌兵惨叫一声，冲锋枪摔在地上。

鲁卡狂风暴雨似的朝敌兵扑咬，扑他的眼睛，咬他的喉管……与其说敌兵是在体力上被它打垮的，还不如说是在心理上被它拖垮了。他的脸上露出骇然的神态，意志崩溃了，勉强抵抗了两下，便掉头朝山下鼠窜。他逃得那么快，连滚带爬，鲁卡拖着一条负伤的腿，追到界河，敌兵早已没了踪影。

等鲁卡一瘸一拐地再次回到四八七高地，发现刚才失踪了的白兔不知啥时候突然钻了出来，叼着鲁卡从界河里舀来的那缸水，朝苑班长干裂的嘴唇倒。苑班长终于睁开了眼睛。白兔乖巧地汪汪柔声叫着，不住地用舌头舔苑班长的手背和脸颊，那条美丽的尾巴飞扬起来，仿佛是在为主人的苏醒而庆贺，又好像在向主人表示自己的忠诚。

鲁卡厌恶地扭过头去，它不想看白兔的那股媚态。当邻国士兵的铁锹砸向苑班长的危急关头，你白兔躲哪儿去了呢？它真想这样责问一声。白兔的皮毛仍然那样洁白，那样干净，既没沾到血污，也没被硝烟熏焦，一定是仗一打响，它就躲进猫耳洞里去了。

"白兔……我的好狗，你一直守在我的身边吗？"苑班长虚弱地抬起手臂，抚摸着白兔的脑门和脊背，轻声说道，"我刚才迷迷糊糊时，好像听见狗叫，是你吧？"

白兔的叫声更加柔和，尾巴摇得更加欢畅。

苑班长把白兔搂进怀里说："我知道是你救了我，还给我找水喝。你真是条好狗！"

鲁卡木然地蹲在主人费根银的遗体旁，一动不动，像一尊石雕。

天彻底黑了，又是一个伸手不见五指的黑夜。我军增援四八七高地的后续部队在黑夜的掩护下，终于登上阵地。战场上的尸体被抬走了，苑班长也被包扎妥当，抬上担架。白兔在担架旁上蹿下跳，摇首摇尾，表现出一种多愁善感的惜别之情。

新来的指挥官拍拍苑班长的肩头，和蔼地问道："伙计，你还有什么要交代的吗？"

"请你们一定要好好喂养白兔，它救过我的命，是一条好狗。"

"放心吧,我们不会亏待它的。"新来的指挥官又指了指守在路口的鲁卡问道,"那么这条断尾巴的狗呢,怎么办?"

"这是一条野狗。不过……"苑班长沉吟了一下说,"费排长生前倒是挺喜欢它的。"

"噢,原来是条野狗呀。"

海中鲸王

[加拿大] 查尔斯·罗伯茨

虎鲸妈妈在海中悠闲地翻滚，它的幼崽寸步不离地在它身边游着。轻柔的海风吹起了大片涌动的波浪，拂过它们的背部。小家伙时不时地在妈妈身上蹭一蹭，似乎是对这漫无边际的大海充满畏惧，一心只想躲在妈妈强健的鳍下寻求庇护。

有时，就像全天下最无私和最勤劳的母亲一样，虎鲸妈妈会用自己强健的鳍轻柔地将小家伙揽到身边，或者，它也会转过身来，亲昵地用大大的圆鼻子轻轻触碰自己的小宝贝。

这只雌性虎鲸约五六米长，若是有哪个水手或渔夫有幸看到它的话，肯定会瞪大眼睛惊呼："杀人鲸来啦！"它那巨大的背鳍有近一米五高，耸立在它那宽阔的黑色背脊线上，而它的身体两侧还有两条醒目的白色条纹。此外，当它在海浪中慵懒地翻滚嬉戏时，那白花花的肚皮更是让人一眼就能分辨出来。正是因为这些明显的身体特征，虎鲸妈妈成为同类族群里最容易被辨认的一个。对于人类来说，看到它就意味着大难临头，所以，有经验的水手都对它敬而远之。

只要虎鲸宝宝一直紧跟在妈妈身边，就不必有顾虑。因为别看这头雌性虎鲸最多只有六米长，但它个性凶残，脾气暴躁，敢于袭击和杀戮足有它体长的四倍且体积还大很多的须鲸或露脊鲸。不过，就算虎鲸妈妈是所有鲸类中最敏捷、最残暴的，它也还是有所畏惧的，那就是它体形庞大的表亲——抹香鲸。另外，如果知晓人类的厉害，它有可能会惧怕，但是人类从未想过冒险与虎鲸妈妈为敌，因为它的族群成员体内鲸油的含量普遍不高，所以猎杀它们完全是得不偿失。当然，有些鲨鱼的个头比虎鲸还大，但在野性、速度和狡猾程度方面却难以望其项背，就这样，虎鲸被列入了"无人敢惹的动物"名单。因此，它得以悠闲地在温和平静的海水里游来游去，完全无视身边一望无际的未知海域和汹涌澎湃的海浪。此时，虎鲸妈妈正全神贯注地照顾自己可爱的小宝贝，唯一能让它分神的就是身下这片透明的深海区域了，因为美味的大乌贼和行动迟缓的深海鱼类大都藏身于此。

突然，虎鲸妈妈听到水中有异样的吸水声，于是便开始悄无声息地快速下潜。在下方的阴暗处，它看到了一个"四仰八叉"的苍白身影，那是一只章鱼，没想到章鱼竟然如此愚蠢，轻易离开安全的海底岩石堆，妄想到别处寻找新家。在这只章鱼还没来得及逃命的时候，虎鲸妈妈已然张开血盆大口吞下了它。在被吞下的一瞬间，可怜的章鱼还绝望地蠕动着八条长长的触手，紧紧吸住虎鲸妈妈的嘴，不过，这样的挣扎无济于事，很快它就被虎鲸妈妈狼吞虎咽地吃掉了。

用餐完毕后，虎鲸妈妈优哉游哉地向洒满阳光的海面游去，它在半路上发现了不知所措的虎鲸宝宝，原来刚刚它下

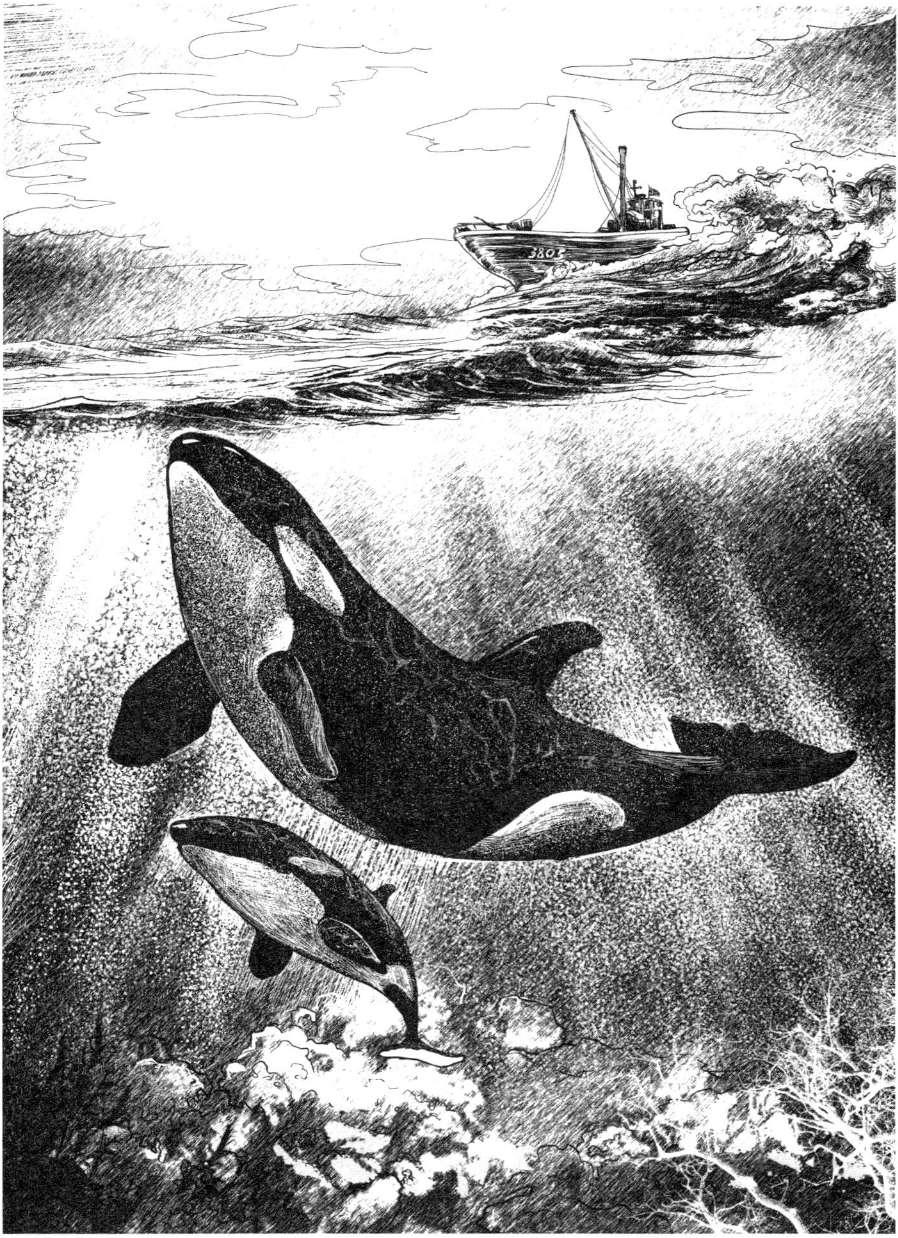

潜得太快，小家伙完全赶不上妈妈闪电般的速度。虎鲸妈妈离开后还不到两分钟，小家伙就开始害怕起来，它不敢独自玩耍，因为它总觉得看似平静的蔚蓝色的大海可能危机四伏。那只成为盘中餐的章鱼——其实也算是很大的一只了——对于虎鲸妈妈来说，才刚够塞牙缝的，远远不能满足它那巨大的胃。于是，虎鲸妈妈更加迫切地向海洋深处游去。

不久之后，在阳光的照耀下，海水慢慢地从蓝色变成了浅绿色。在距离水面约九米的海洋里，一排礁石正好受到了太阳的照射。就在这排礁石上，体形宽扁，长着蝙蝠模样的鳐鱼正在悠闲地晒着太阳，它长着一对三四米宽的翅膀状的鳍，还有一条鞭子似的长尾巴。此刻，它正冷冰冰地注视着从自己下方缓慢游过的虎鲸妈妈，然后用不易察觉的力量轻微地扇动了一下黑色的鳍，接着，它从礁石上滑向海底更深处以躲避虎鲸妈妈。尽管这大块头的鳐鱼已够小心谨慎了，可在虎鲸妈妈的眼里，它的动作却还是显得迟缓又笨拙。

搜寻到猎物的虎鲸妈妈再次下潜，只不过这一次它没有选择悄无声息地行动，而是敏捷地跃出海面，然后"砰"的一声落回海里，像只铅锤似的向着鳐鱼直直冲过去。此刻的鳐鱼眼看着敌人向自己冲过来，惊慌失措地向一边闪去，接着又以极快的速度向上冲，在海水中划出一道完美的曲线。而且，借着这股向上冲的力量，瑟瑟发抖的鳐鱼竟高高跃出了海面，但它也仅是在转身的一瞬间在空中稍做停留，接着又绝望地重重摔下，似乎是这走投无路的境地驱使它想要逃离海面去另一个世界闯荡。鳐鱼跃出海面时遮挡住了日光，涉世未深的虎鲸宝宝简直看呆了，因为它还从未见过鱼在天上飞呢。可惜，这场拼尽全力的空中逃生之旅，仅持续了一两秒钟。当鳐鱼跌落回海中时，穷追不舍的虎鲸妈妈立刻上前咬住了它黑色的鳍，并将它往深海里拖，顷刻间浪花四溅。事实上，这根本就不能算是一场较量。鳐鱼在这个强大的对手面前显得软弱无力，能做的也仅仅是在旋涡中疯狂地挣扎。最后，只剩下红色血迹在浅绿色的海面上扩散，见证了鳐鱼曾在这里为生存进行过的斗争。

这下，虎鲸妈妈算是美美地饱餐了一顿。它吃剩下的鳐鱼碎屑在海水中四散开来，这可美坏了无数藏身于海草丛和海底礁石洞中的螃蟹，它们也跟着沾了光，享用了一顿鳐鱼大餐。在之后的半个多小时里，虎鲸妈妈一直待在原处，心满意足地翻滚着，与自己的小宝贝玩耍着，顺便消化一下腹中的美食。然后，它又慢悠悠地继续自己的旅程。这次，它向着海岸游去，在距离险峻的链状小岛和破败的海岬仅有八百米时才停下来，这些小岛和海岬就像流苏一般装点着这条险象环生的海岸线。

正值晌午，天空万里无云，太阳光直直地照射在海面上，甚至穿过海水照到了海底深处。海面上波光粼粼，而透明的水下半腰处有一只大乌贼在悠然自得地游着。它那窄窄的锥形身躯约有两米长，而它全身最宽的部分，也就是头部，直径有十二至十四英寸。乌贼的脑袋看起来没有形状，就像是从身体里发出来的芽，也像是胡萝卜顶部长出的叶柄。它的头上长着十条触角，每一条几乎都跟身子一样长。

而且，它全身都呈现出一种暗淡的黄褐色，身上和触角上还长着褐色斑点，有着这样的皮肤颜色它就像是穿了一件隐身斗篷，看上去像隐形了，哪怕是在阳光可以穿透的海水里。乌贼的特别之处还在于它是倒着游的，要做到这一点并不是靠移动它的触角，而是靠触角下方的肌肉囊，肌肉囊先吸取一定量的水，再用力排出，从而推动身体倒行。

虎鲸妈妈刚刚享用过鳐鱼盛宴，不可能这么快就饿了，可是这只鲜嫩多汁的乌贼完全是难以抗拒的美食诱惑啊！虎鲸妈妈黑白相间的身躯虽然庞大，身形却很优美，它熟练地翻了个身，接着猛地扎进泛着微光的海水中。但是，当虎鲸妈妈游到离乌贼还有一定距离的地方时，乌贼却眼尖地看到了它。在这千钧一发的时刻，乌贼立刻将原本松散的十条触角收紧成一束，这样为它快速逃跑减少了很多阻力。然后，它又用力收缩身体，喷射出一定量的海水推动自己前进，那速度都快赶上从潜艇里发射出的鱼雷了。与此同时，乌贼体内的腺体里也喷射出一股墨汁似的液体，这股液体随即在水中扩散开来，形成一大团黑幕，恰好遮挡住虎鲸妈妈的视线。在黑幕后面，乌贼耍了个小心眼，改变了逃跑方向，向下朝着布满岩石的海底深沟逃去。因为它知道，在那里，虎鲸妈妈那巨大的双颌是绝对够不到它的。

虎鲸妈妈并没有被这团黑幕吓到，反而直接冲了进去。可是冲进黑幕后，它竟搜寻不到猎物的一丁点踪迹，而且，在那一刻，虎鲸妈妈发现自己迷路了。无奈之下，它开始盲目地乱撞，急躁地张着大嘴到处乱咬，可这一切都是徒劳的，因为它张张合合的嘴里除墨汁色的海水外，别无他物。不过，虎鲸妈妈最终还是摆脱了这团黑幕，回到了浅绿色的海水里。然后，它不经意地向上一瞥，这一瞥可不得了，它猛烈地扇动起身体两侧那巨大的鳍，暴怒地向海面冲去。猛烈的扇动使得深海里的水都翻滚起来，像是被班轮的螺旋桨狠狠搅过一样。

原来，虎鲸宝宝虽然紧跟在妈妈身后，但是看到妈妈消失在墨汁色的黑幕里时，它吓坏了。之后，它慌慌张张地回到海面，开始漫无目的地游来游去，焦虑地等着妈妈回来。没想到，它的举止吸引了一头正在闲逛的鲨鱼的注意。这头鲨鱼很清楚在那边游来游去的是一头虎鲸宝宝，于是它四处张望，想看看虎鲸妈妈在哪里，因为它可得罪不起虎鲸妈妈，可是它望了一圈什么都没看到。虽然内心充满疑惑，但鲨鱼这会儿只知道自己快要饿疯了，眼前的虎鲸宝宝不正是一顿美味吗？机会难得，鲨鱼飞快地向虎鲸宝宝游去，它侧翻着身体，露出灰白色的肚皮，想要一口吞下这难得的美味。当虎鲸宝宝猛然间看到一张长满獠牙的、黑漆漆的大嘴出现在眼前时，它完全吓破了胆。不过，虎鲸宝宝还是灵机一动，扭动着身体向一边游开了，接着，它便在妈妈潜入深海的地点附近绕着圈游了起来。

鲨鱼又一次发起了进攻，但是这一次它打算翻过身子好让自己坚硬的下颚派上用场。不过，虎鲸宝宝因为完全继承了自己族群的聪明才智，所以又一次顺利地躲过了鲨鱼的攻击。

然而，就在鲨鱼准备再次进攻时，它瞥见虎鲸妈妈的身影从浅绿色的深海中冲了过来，尽管鲨鱼身长约有七米，比虎鲸妈妈还足足长了一米五，但它还是选择转身，为了保命而逃跑了。

虎鲸妈妈看到自己的小宝贝毫发未损，才安下心来向鲨鱼逃跑的方向追去。跟它相比，鲨鱼逃跑的速度简直就像乌龟在爬。所以，鲨鱼还没逃出五十码远，虎鲸妈妈已然张着血盆大口游到了它的上方，鲨鱼惊恐地向一边躲去。然而，这才不过是虎鲸妈妈的一个下马威而已。带着从绝望中迸发出的勇气，鲨鱼扭动着身体，悄悄游到虎鲸妈妈的肚子下方，同时张大嘴巴露出锋利无比的尖牙，试图咬住虎鲸妈妈。但此刻虎鲸妈妈已经转弯，所以鲨鱼的计划落空了，不过它还是撕扯下了虎鲸妈妈身上的一部分皮肤和鲸脂，但并没有切中要害。暴怒的虎鲸妈妈几乎没有觉察到伤口的存在，它开始愤怒地旋转，并向空中喷射出泡沫和水雾，接着用它那巨大的嘴狠狠咬住鲨鱼的尾巴，这场打斗眼看就要结束了。

虽然鲨鱼剧烈地挣扎了数分钟，海水也溅得很高，但无奈战况呈现出一边倒的态势，因为虎鲸妈妈毫不停歇地疯狂摇晃、挤压和撕扯已经筋疲力尽的鲨鱼。最终，虎鲸妈妈大摇大摆地离开了，只留下鲨鱼那残破的尸体缓慢地沉入海底。之后，虎鲸妈妈将兴奋的虎鲸宝宝温柔地揽到自己的鳍下，给它喂了奶。接着，它们缓缓地向内陆一个深海航道游去，这个航道地处一片岛屿和海岸之间，虎鲸妈妈相信，在那里一定能找到更多鲜嫩多汁的乌贼，来补偿之前错失的美味。

刚才的海面上一直微风徐徐，而现在则形成了一股稳定的气流，但气流还不够强大，只是让海水表面变成了深紫色。气流前方，一艘小小的独桅艇沿着海岸线，在悬崖和岛屿之间自由行驶，船上的白帆在耀眼的阳光的照射下闪烁着白光。小小的船舱里有两个乘客，一个是掌舵手，此时他正叼着一根石楠烟斗吞云吐雾，而另一个乘客正蜷缩在桅杆下，它是一只皮毛如丝绸般顺滑的棕色猎犬。对于这样一艘小艇来说，想穿过一片凶险的海域是有风险的。不过，这名掌舵手是一位小艇驾驶技术高超的业余航海家，他经验丰富，知道距他刚离开的港口约二十四米和他要到达的海港向北约二十米之间，有很多避难所，若是有风暴突然袭来，那里可以为他提供庇护。他对这片海域并不熟悉，不过他有一幅详尽的航海图，而且在忠诚又随和的猎犬的陪同下，一起去探索那未知的海岸线，这本身就是一种乐趣，更何况他的猎犬已经陪着他去过无数有趣的地方了。

掌舵手名叫加德纳，他是个驾驶小艇的内行，对海上天气的变化也有极敏锐的洞察力，甚至能感受到风拂过舵柄和紧绷的船帆时产生的细微颤动。相比从书本上了解自然历史，他更渴望将波涛汹涌的海洋当成自己的游乐园。海洋中有那么多鲸鱼种群，它们有各具特色的性格特点和生活习性，不过加德纳对它们的印象只停留在书本上，比如须鲸体形庞大但胆小羞怯、海豚性格温顺等等。所以，当看到威风凛凛的虎鲸妈妈在懒洋洋地戏水时，他完全没有提高警惕。

若是换作其他经常往来于这片海域的水手，恐怕此刻早就迅速调转船头，驶往其他方向，以免虎鲸妈妈误以为自己是来侵犯领地的。然而，加德纳竟将小艇驶到了离虎鲸妈妈更近的地方，他想看看这到底是什么鱼种，又或是什么猛兽，为什么对自己的靠近显得如此不在意。

当小艇行驶了大约一百码时，加德纳的脑子里突然冒出了一个愚蠢的想法：为何不来一次狩猎呢，这不知名的猛兽将是一个不错的战利品。可是，他根本没有考虑过自己要如何把这么一个庞然大物打包带回去。他当然也没有考虑过要如何凭借一把小小的轻型来复枪就对虎鲸妈妈造成致命的伤害，更何况它身上有层层鲸脂保护。还有，他没想过死掉的虎鲸妈妈会沉入海底，到那时就算他开了史上最成功的一枪，也将是竹篮打水一场空。不过，他有这份敢想敢做的勇气已经难能可贵了。加德纳将一个膝盖压在舵柄上，以保持身体平衡，然后他一把抓起来复枪，朝着虎鲸妈妈的鳍后面的某个地方开了一枪，因为他认为那是心脏的位置。枪声一响，猎犬意识到主人肯定正在做着什么激动人心的事情，便立刻走到主人身边，并将前爪搭在船舷上，朝着那正在海浪中翻滚着的黑色身影狂吠了起来。

让加德纳震惊的是，虎鲸妈妈并未立刻对自己中枪作出反应，反而是它的鳍下涌起了一阵骚动，似乎有什么东西在那里疯狂地搅动着海水。虎鲸妈妈则摆动着身体，满心焦虑地注视着它，并不断地用自己的鳍轻抚着，似乎是想让它镇静下来。这时，加德纳才看清原来自己射中的是虎鲸的幼崽，顿时肠子都悔青了。如果开枪之前就看到了幼崽，他肯定不会这么干的，更不会射虎鲸妈妈了。他并不凶残，只是做事欠考虑。加德纳犹豫不决地盯着看了几秒钟，然后根据幼崽的种种举动断定它受了致命伤。加德纳觉得自己有责任结束它的痛苦，于是他小心翼翼地瞄准，又朝幼崽开了一枪，枪声尖锐刺耳，久久地回荡在面朝峭壁的小岛间。

加德纳这次射准了，枪声还未消失，虎鲸宝宝就不再挣扎了，并渐渐沉入海底。一切似乎都静止了，随后猎犬兴奋的叫声打破了寂静。虎鲸妈妈慢慢地绕着自己死去的小宝贝游了半圈，显然是不敢相信自己心爱的孩子已经死了。之后，虎鲸妈妈将视线转向了加德纳的小艇，也就是在那一刻，加德纳才意识到自己犯下了一个可怕的错误。慌乱之中，他本能地驾着小艇向布满岩石的小岛驶去。

加德纳压紧舵柄的同时急忙放松船帆，这时他看到身后的海水已经在虎鲸妈妈黑色身躯的搅动下翻滚了起来，虽然虎鲸妈妈离小艇足足有三十米远，但让人忐忑不安的是它游动的速度之快好像下一秒钟就能追上来。猎犬此时也弓起了身子，进入备战状态。然而一切都晚了，因为虎鲸妈妈已经冲过来了，并重重地撞向了船舷较宽的一面。加德纳保持住了自己的平衡，向迎面而来的"恶魔"开了一枪，但这一枪对虎鲸妈妈来说根本不痛不痒！

这时，小艇剧烈地晃动了起来，就好像被一列快速行驶的火车撞上来一样，来复枪掉到了加德纳的脚边。紧接着，虎鲸妈妈的整个身体都跃出了海面，并狠狠地压在了小艇上。加德纳心里一紧，感觉自己被甩了出去，在掉入水中的那一刻，他还能听到猎犬的叫声。

恰在此时，浸透了海水的船帆落下来重重地拍在他的头上。为了摆脱船帆的缠绕，加德纳潜入了海中，在约四米开外的地方才又钻出了海面。多亏了这次潜水和船帆的遮蔽，他才得以保住性命。另外，加德纳本来就是个游泳健将，他立刻飞速向小岛游去，而且他大部分时间都把头埋在水里。起初，虎鲸妈妈还没有发现加德纳逃跑了，因为正在叫的猎犬分散了它的注意力，于是它立刻上前一口咬住猎犬，将它撕碎扔进了海里。然后，它又将自己的丧子之痛发泄在小艇的残骸上，它不断地撕扯、撞击，直到小艇变成一块块破碎的木头。即便如此，虎鲸妈妈还是不解气，便又用自己巨大的嘴咬住小艇，拼命地摇晃，就像猎犬在撕咬老鼠一样。做完这一切，它转向小岛的方向，冰冷的目光落到了加德纳奋力游动的身影上。接着，它像一枚鱼雷一样"嗖"的一声蹿过去。此时，加德纳疯狂划水的双臂已经搭到了一块暗礁上，只是这块暗礁仅有三米多宽，还被海水覆盖，于是他立刻意识到这并不是一个合适的避难所。在距他不过两米远的岩石上有一块壁龛似的凹陷处，就像是为了供奉雕像而开凿出来的一样。带着一丝绝望和求生的本能，他敏捷地扑向那个小小的避难所，他的双腿在身后使劲，想尽可能悄无声息地蜷缩进壁龛里。与此同时，加德纳被瞬间翻涌而来的泡沫和水花淹没，原来虎鲸妈妈已经游到了他身后，只是不小心一头撞到了他脚下的暗礁上，发出沉闷的撞击声。

加德纳瑟瑟发抖，并大口地喘着气，好让自己那过度劳累的肺能缓过劲来。他参加过许多游泳比赛，但这次是绝无仅有的体验。他小心翼翼地转身，像帽贝一样紧紧地贴在身后的岩石壁上，胆战心惊地死死盯着眼前的海水，就怕复仇心切的虎鲸妈妈又一次跃出海面，把他拖进海里。

但是，虎鲸妈妈似乎并没有再来一次的打算，因为刚才的碰撞可是个不小的冲击，让它有些头晕目眩。此时，它就在暗礁前来来回回地游着，像个冷酷无情的监狱看守。加德纳向下望去，正好看到了它那双冰冷的眼睛，它眼神里透出的睿智与无法平息的熊熊怒火，让加德纳不寒而栗。当加德纳终于能够静下心来思考自己现在的处境时，他不得不承认自己已经走投无路了。他用手向四处摸索，希望能找到岩石上突出的部分，从而助他爬出壁龛，最终一路爬到悬崖顶，可惜他一无所获。而且，他也无从判断复仇心切的"监狱看守"还会在那里巡逻多久。不过，从自己所犯错误的严重程度，以及虎鲸妈妈之前攻击时展现出的暴怒状态来看，加德纳明白还是别指望它会因为厌倦而游走了。毕竟在这片富饶的海域里，"监狱看守"无须离开岗位就可以找到充足的食物。

在海洋生物如此丰富的海域，却很少有船只经过，因为这片海域暗礁密布，气流复杂多变，所以沿海航行的纵帆船都有多远躲多远。此外，准确地说，他所处的小岛离海岸不过八十米，若在通常情况下，游过去不过是小菜一碟。然而现在，即使没有虎鲸妈妈挡在眼前，在必经之路上的小岛航道里，那里时常有鲨鱼出没，加德纳也没有安全通过的把握。在太阳的暴晒下，他身后紧贴着的岩石开始发烫，让人很不舒服。不知道多久以后，他就会因为高温和饥渴而体力不支，自动倒进眼前的虎鲸妈妈的血盆大口里。不过现在，他比之前安心点了，因为他注意到太阳很快就要落到悬崖后面了，到那时他就可以躲在阴凉里了。至少到第二天早上为止，他都不用担心自己会被晒死。但如果第二天又是一个大晴天，那么直到太阳再次落山前，他要如何忍受长时间烈焰般的炙烤？于是，他开始祈祷第二天可以乌云密布并有暴风雨来临。刚想到这里，加德纳就陷入了两难的境地，如果真有暴风雨，那么在这个季节里，暴风雨有可能最先从东南面而来，这就意味着第一波浪潮将会直接把他从岩石上拍打下去。思量再三，他慌忙决定，不再许这么具体的愿望了，上帝肯定自有安排。

像是突然想起了什么，加德纳笨拙地摸索着自己的口袋，掏出被海水浸透的烟草袋和一个湿漉漉的火柴盒，火柴盒里还剩下一些火柴。顿时，他心里燃起一丝希望，如果小心翼翼地把它们烘干，再慢慢弄好，没准是可以点燃的。他将那些火柴和烟草丝分散开来，摊在双脚之间发烫的岩石上，可惜他的烟斗在这次逃难之旅中弄丢了。幸好他的口袋里还有几封信，他计划等这些材料都烘干后，就卷根烟来抽。这下，加德纳找到事情做了，这让本来疲倦无聊的下午变得充实了很多。可惜到最后，没有一根火柴能点燃，他气愤地把它们全都扔进了海里。

天转眼就黑了下来,处在这个纬度的地区通常如此。在月光的照射下,原本波涛汹涌的海面像被施了魔法似的——瞬间平静得像一面镜子。可是,虎鲸妈妈依旧不知疲倦地在岩石前来回游动。渐渐地,它这千篇一律的游动方式对加德纳产生了催眠的效果。为了不受其影响,加德纳赶紧将视线转向悬崖那边,他很担心自己因疲倦而睡着,然后从壁龛里掉出去。他感觉到自己的腿渐渐有些支撑不住了,可是狭小的壁龛不好坐,蹲着也不舒服。最后,加德纳实在忍受不了了,于是决定冒险把腿伸出壁龛,坐下休息一会儿。事实上,如果此时虎鲸妈妈奋力跃出海面的话,一定可以咬到他。就在他坐下的那一刻,虎鲸妈妈游得更近了,眼睛里有说不出的恨意。但是,虎鲸妈妈还是不打算再次跃出海面,加德纳明白,它是不想再猛烈地撞到岩石上了。

漫长难熬的一夜终于过去了,紫色天鹅绒般的夜空开始变得寒冷,星星也开始变得暗淡,并慢慢消失不见,月亮也早已消失在悬崖后面。热带地区光彩绚丽的黎明到来了,波光粼粼的海平面也向下退去,迎接新一天的太阳。加德纳振作起精神,勇敢面对新一天炼狱般的折磨。

为了增强自己的战斗力,加德纳脱下身上的薄外套,用在口袋里找到的几段绳子绑住,然后放到海水里,直到整件外套都被海水浸透。虎鲸妈妈立刻扑了过来,想看看他究竟在干什么,但是加德纳在虎鲸妈妈靠近之前,就把湿漉漉的外套拉出了海面。这可是他灵机一动想出的法子,因为全身一直湿淋淋的话,就能很好地抵御高温的折磨了。同时,他也希望能通过全神贯注地做一件事情，而暂时忘掉饥渴带来的巨大痛苦。不过，加德纳的痛苦即将结束。在大约上午九点的时候，就在他身后某处，一阵刺耳的、断断续续的咔嚓声划破了寂静的天空。但在加德纳听来，这无疑是世界上最悦耳动听的旋律。没有丝毫的迟疑，他立刻脱下身上的外套，并紧紧攥在手里。片刻之后，一艘约十二米长的大功率汽艇就出现在他的视线里，可是汽艇远在约一百五十码外，上面的喧闹声不绝于耳。

不过，加德纳近乎疯狂的叫喊声，再加上他用力挥动手中的外套，成功引起了汽艇上几个人的注意，于是汽艇立刻掉头朝岩石这边开过来。可是，刹那间汽艇上的喧闹声戛然而止，接着汽艇又迅速开走了，原来领航员看到了离加德纳不远的虎鲸妈妈。

汽艇上一共有三个人，其中一个人向加德纳打了声招呼。

"这是怎么回事？"他简单地问道。

"我昨天把那畜生的幼崽打死了，"加德纳回答道，"它毁了我的小艇，还一路追赶把我逼到这块岩石上。"

汽艇上的人沉默了片刻，船长才发话说："胆敢招惹'杀人鲸'，你可真是自寻死路啊！"

"我早就意识到自己犯下的错误了，"加德纳淡淡地说，"但那是昨天早上的事情，我现在已经疲惫到了极点，所以恳请您把我带走。"

汽艇上的几个人商议起对策来，其间，虎鲸妈妈还在岩石前一丝不苟地"巡逻"，就好像十二米长的汽艇之类的东西根本不值得关注似的。

"你得再坚持一会儿，"船长冲着加德纳喊道，"我们得回港口去拿专门的捕鲸枪，虽然现在这里有一把重型来复枪，但是我们可不敢贸然对虎鲸发动攻击。因为，如果不能一枪毙命，不到十秒钟，它就会把这艘汽艇变成一堆废铜烂铁。我们会在一个小时之内回来的，你少安毋躁。"

"谢谢你们！"加德纳回答道。汽艇在海面上划出一道宽宽的曲线，然后很快就消失在小岛后面了。

这一个小时的时间，对一个被困在岩石上一天一夜的人来说，实在是太过漫长了。不过，多亏了那件湿漉漉的外套，加德纳至少可以凉快地等待。过了一会儿，他终于又听到汽艇的突突声从身后传来。这一次，汽艇刚一出现就直冲虎鲸妈妈而去。当汽艇在平缓的波浪上优雅地滑行时，加德纳看到了船头位置的转椅座架上架着一杆造型奇特的枪，那是一种短款大口径来复枪。虎鲸妈妈这才意识到汽艇是冲它而来的，于是停下了不知疲倦的"巡逻"，颇具挑战地盯着汽艇，有点犹豫到底该不该发起进攻。

这时，汽艇开始减速，直到最后稳稳地停在了海面上。接着，船长用架在船头的来复枪瞄准虎鲸妈妈，发射出了致命的一击。伴随着一声巨大的枪响，虎鲸妈妈的半个身子跃出了海面，并在回落时溅起巨大的浪花。不一会儿，它开始疯狂地四处冲撞，最后猛地用头撞向了悬崖，全身猛烈地颤动起来，不久便缓缓地沉入了水下约三米六的暗礁上。

"你站的暗礁被水淹了吗？"船长问道，同时，汽艇也慢慢地向加德纳靠了过去。

"嗯，到处都是水。"加德纳一边回答着，一边摇晃着站了起来，准备爬上汽艇。

（稻草人童书馆　译）

蟒蛇巴布

雨街

林波波河虽然不像尼罗河那样闻名世界，也不像刚果河和赞比西河那样蜚声非洲，但每天在这里发生的故事，要论惊心动魄的程度，一点也不亚于其他的河流。

林波波河，发源于南非的约翰内斯堡附近海拔1300米的高地，全长约1800千米，流经南非、博茨瓦纳和津巴布韦的边界，最后穿越莫桑比克南部地区，注入印度洋，流域面积38.5万平方公里。林波波河上游由数量众多的溪流组成，其支流多为间歇性河流，河的水量不大，水流平缓。

林波波河上游牧草青青，旷野茫茫，栖息着各种各样的野生动物，蟒蛇巴布一家也生活在这里。

雌蛇丧生

此时是四月，在林波波河的一个转弯处，由上游带来的许多枯枝败叶日复一日地堆积在这里，渐渐形成了一个小山丘的形状。巴布一家就在这枯枝败叶的深处，巴布妈妈的身躯盘成一个圆形，轻柔地附在巴布和另外二十六枚蛇蛋上。

蛇妈妈的头从盘着的身躯内抬起来，躯体的肌肉轻轻颤抖着，那样子就像古时的灯盏，火苗在静水般的夜幕中跳动。

蛇妈妈通过收缩肌肉，持久地维持着体温，腹部下的二十七枚蛇蛋在蛇妈妈的体温下，也不停地孵化着。今天就是它们出生的日子，因为巴布紧贴在妈妈的心脏位置，那儿的温度比别的地方高出约半摄氏度，所以蛇妈妈最先唤醒的是巴布。

最初，巴布感觉自己的天空中突然亮起了几盏星光，遥远，但十分明亮。后来，星光朦胧了，天空中仿佛有一层乳白色的雾飘浮过来，渐渐像晚霞一样燃烧起来。其实这正是蛇蛋的孵化过程留在小巴布脑海之中的印迹。

乳瓷一样的蛇蛋壳随着孵化，那光泽仿佛被时光磨损了似的，变得斑驳，有的地方还像被淡淡的墨汁涂过似的，黏液不停地从那儿浸出来。没过多久，蛇蛋就像浸泡在这些黏液中了。

被黏液泡软的蛇蛋已经没办法承受蛇妈妈的重压，柔软的蛋壳渐渐向下塌陷，蛇妈妈也感觉到了这一细微的变化，紧贴在蛇蛋上的腹部随着肌肉的绷紧，便由下而上翻转过来，就像是人类侧了一下身子，为腹下的蛇蛋腾出了足够的空间。

而包裹着巴布的蛋壳，就像将要吹爆的气球，随着压在上面的重量突然消失，蛋壳猛地裂出一个口子，巴布的小脑袋便从那个口子里钻了出来。它晃动着小脑袋，细得像牙签似的蛇信子上下摆动着，就像它拿着西方人吃饭时用的小叉子，在寻找着食物。

其实，这是蛇类与生俱来的本能。因为蛇类的视觉不佳，大多只能看清晃动的物体，为了寻找猎物，它们的嗅觉便异常地发达起来。蛇信子就像一个随时开启的气味探测雷达，能吸收到空气中微小的气味粒子，分辨出不同的气味。这样，蛇便能随着气味找到它们想要找的猎物了。

现在，巴布不停地摆动蛇信子，一来是出于本能，二来是为了牢记妈妈的味道。因为它知道，只有追随在妈妈身边才是最安全的。

巴布不再犹豫，它伸出的脖子，一下子就变得直挺挺的。它从蛇妈妈浑圆的身体下面探出头来，然后脑袋向下一垂，蛇头像小钩子似的向下一弯，细长的身体便紧贴着蛇妈妈身上粗大的鳞片，攀爬出来。

此时，其他的小蛇也纷纷出生了，它们一个个也像巴布一样，从蛇妈妈身下钻出来，在蛇妈妈身上探头探脑，它们就像突然从蛇妈妈躯体上绽放的花萼，在迎风摇摆呢。

蛇妈妈的身体随着呼吸起伏着，它这是第一次做妈妈，它从没体验过做母亲的滋味。那母爱就像海潮一样涌动着，以至于连身下的土地也在微微地颤抖。那爱又像充满花香的四月天的气息，不管如何贪婪地去呼吸，都会有窒息般的眩晕。

刚刚出生的小蛇对这个世界充满了好奇与欣喜，它们开始还像旗杆一样插在蛇妈妈的脊背上，等湿漉漉的身体一风干，它们一个个便像轻盈的精灵，在蛇妈妈宽大的身躯上溜冰似的滑动着。当两条小蛇迎头相遇，它们便会高高地抬起头，等着对方把路让开。它们有节奏地左右摇晃着身体，每过一段时间，身体便同时向前一探，两条小蛇便扭打在一起。远远看去，它们缠绕在一起的身体如同在那儿打了一个蝴蝶结似的。

蛇是没有哺乳期的，一生下来就要自己寻找食物。巴布显然对兄弟姐妹之间的玩耍不怎么感兴趣，而是朝着洞口的方向，嗅着外面世界的味道。它嗅到了：就在洞穴不远处有一条河，浑浊的河水正泛着涟漪向下游流淌。河的两岸有长长的蒿草和尖毛草，就像给宽宽的河道安装了绿色防护栏一样。河两岸也有或大或小的沼泽，有长腿的林鹳在沼泽里走走停停，也有食草动物涉水而来，如弯角羚、角马等。它们三三两两地分散开来，一边悠闲地甩着尾巴，一边用嘴采食嫩叶，上下颚轻轻一碰，然后头向上轻轻一扬，几片嫩叶便被衔在了嘴里。

巴布仿佛被外面的美丽风光牢牢吸引了，只见它的头向下一垂，身体上的肌肉也随之一松，细长的身子便从蛇妈妈的脊背上滑下来。在蛇头落地的瞬间，又轻轻向上一抬，左右摇晃着，那样子就像一个人边走路，边用树枝拨开脚下的草丛一样。

巴布向洞外爬行的轻微声音马上引起了其他小蛇的注意，虽然蛇类没有外耳、中耳、鼓膜、鼓室和耳咽管，不能听到声波，但它的听骨却十分发达，并和全身的肌肉、骨骼相连。所以，巴布这细小的爬动声也没能逃过它们的耳朵。它们也纷纷转过头，向着洞口的方向张望着。

蛇妈妈也察觉到了这一变化，它知道自己和宝宝也该出去了。自从它在两个多月前产下第一枚蛋，两天之内，它竟接连不断地产下二十七枚蛋，从那以后，蛇妈妈就再也没离开过这些蛋。

如今，这些蛋都孵化了，蛇妈妈才感觉肚子一下子空了，它该到外面寻找食物了。

蛇妈妈又翻了一下身，头向上一抬，覆盖在头顶上的枯枝和败叶便被拱了起来，整个洞穴顿时宽敞了许多。但蛇妈妈的身体却没像往日那样向外伸展，而是掉转蛇头，朝向洞外。原来，这也是雌蛇招呼小蛇的方式之一，那是它在告诉小蛇可以先它一步爬出洞外。

真是个细心的蛇妈妈呀！假如不这样做，而是自己不管不顾地向外爬行，刚出生的小蛇，不知道会有多少条会被它碾轧在腹部之下。要知道，一条成年的蟒蛇，体重往往达数百公斤，在这由枯枝败叶堆积而成的洞穴里一旦被压在身下，小蛇便有被划伤或者刺穿身体的危险。

二十多条小蛇仿佛也明白这个道理，纷纷从妈妈的身上滑下来，顿时滚成一团。但没过多久，这些小蛇便像无数条丝带一样，在地上起伏着、蠕动着，远远望去，就像一片紧贴地面向前燃烧的火焰。

巴布第一个爬出了洞口，它的身体左右摆动着，细长的尾巴梢像是颇有弹性的枝条，一遇到障碍，便马上向高处弹去。

蛇妈妈见小蛇们都爬出了洞外，它微微抬起头，又粗又长的蛇信子吐出来又吞回去，吞回去又吐出来，像风一样呼呼地响着。蛇妈妈的舌头能感觉到洞穴内一切温度的变化，当它确信洞穴内没有小蛇时，它沉重的身体便像轧路机一样，轰轰隆隆地开了出去。

虽然蛇妈妈力大无比，但论爬行，它却不是小蛇们的对手。在平坦的土地上，小蛇们左右摇摆着身体，那样子不像是向前爬行，更像是滑动。而蛇妈妈则像一根又粗又长的大树干似的，被吃力地向前拖着。

原来，蟒蛇成年后，笨重的身体已经没力量让它左右摇摆着向前爬行，而是靠身体的每一块肌肉向前推动。所以，成年蟒蛇的运动轨迹都是笔直的。这样，虽然节省了不少力气，但爬行速度会变得很慢。小蛇们都爬到河边了，蛇妈妈还慢腾腾地在后面挪动呢。

"呼，呼"，蛇妈妈从凹槽里吐出像是刚刚被墨汁浸泡过的蛇信子，向爬到前面的小蛇们发出警告。刚刚出生的小蛇没见过世面，它们哪里知道这条河的危险。这条河叫林波波河，在当地的土著语言中，"林波波"就是"鳄"的意思，这名字是形容河中鳄鱼众多。

小蛇们听到妈妈的警告声，纷纷在岸边停下身来，而巴布像是没听到蛇妈妈的警告一样，身子一闪，就钻入浓密的蒿草之中。

巴布仍向前爬行的声音当然没逃过蛇妈妈的耳朵，它顿时变得狂躁起来，高高地抬起蛇头，然后向下一落，重重地击在地上。地面在蛇妈妈的重击之下，也不由得颤动起来。那颤动的声音就像电波，随着地面滚滚向前。小蛇们也被蛇妈妈狂躁的样子惊住了，它们有的像是被马蜂蜇了似的，身体扭成一团；有的像被火焰驱赶着似的，身体向上一蹿，攀爬到蒿草的顶端，蒿草在小蛇躯体的重压下，随之向下弯曲，而小蛇为了离地面更远一些，下垂的蛇身也努力地向上弯曲着。

当蛇妈妈的惊呼声传来之时，巴布的身体已经跃进了水里，声波遇到水面，只是来回荡漾了一下，便消失得无影无踪。巴布欢快地在河里游着，只见它微微抬着头，随着身体的摆动，河面就像是被它的身体劈开了似的，蛇头两边不时还有浪花溅起，像银色的花朵在为它盛开一样。

一直在附近潜伏的鳄鱼也感觉到有一条小蛇向它游来，只见它肚皮向上一鼓，四肢轻轻地向下划动了一下，庞大的身躯就像潜水艇一样，无声无息地上浮到水面。鳄鱼眨了一下它那泛着金色光芒的眼睛，像是在打什么主意似的，浮在那里一动不动。

原来，这是鳄鱼的计谋。因为它知道，这条不听话的小蛇身后一定会有惊慌失措的蛇妈妈，现在它要做的就是等待蛇妈妈的出现。

鳄鱼是一种很狡猾的动物，为捕捉猎物，它不仅有足够的耐心，还会先选择有利的地形，然后潜伏在那里，一个姿势可以保持几个小时不变。只要猎杀时机一出现，它就会如闪电般扑上去，用它那撕咬力可达上千公斤的牙齿，一口咬住猎物，然后猛地一甩头，将猎物一个上抛，不等猎物落下，身体再猛地向上一蹿，重新咬住猎物，并借着下落的力量，身体瞬间潜入水中，消失得无影无踪。

蛇妈妈可不像其他猎物，虽然它的口腔内也长有上百颗牙齿，但这些牙齿却不是为撕咬而生的，别说鳄鱼皮了，就是刺穿牛皮都很难。但它有自己的优势，那就是通过躯体缠绕绞杀猎物。所以，鳄鱼在面对这样强大的对手时，既要铤而走险，又要通过自己的计谋，使自己在争斗中技高一筹，从而立于不败之地。

蛇妈妈虽然在陆地上行动迟缓，像一堆任人宰杀的肉，但一进入水中，便像添翼之虎，马上变得异常凶猛。蛇妈妈的头一扎入水中，鳄鱼便知道猎物送上门了，所以故意发怒似的吼叫起来，随着它那巨大的吼声，它身边的水流也被巨大的声波激起一米多高。

初生牛犊不怕虎，初生的小蛇巴布也不知道这世界上还有"危险"二字，正当它在水中欢快地游动时，猛然听到鳄鱼的吼叫声，顿时愣住了，直挺挺地浮在水面上，像被钉在那里似的。巴布从来没听到过这样的吼声，那吼声就像无数只利爪在互相撕扯，又像无数利刃将它的躯体穿透了一样，河水也正在不停地涌入它的体内。

鳄鱼随着吼声一个前冲，张开布满獠牙的大嘴，一口就把巴布吞到了嘴里。

无论在人类世界，还是在动物世界，母爱都一样伟大。在母亲眼中，孩子年龄再大也是小孩，但涉及孩子的生命，孩子年龄再小，也是最大的。

此时，蛇妈妈的心情就是这样，它一见巴布有危险，整个脑子就像电脑烧坏了电路板，马上停止了运转。它没想到，一条四五米长的大鳄鱼会向一条刚出生的小蟒蛇发动袭击。此时的小蟒蛇只有十五六厘米长，躯体比筷子也粗不了多少，就是吞下去，塞牙缝都嫌小。蛇妈妈现在只有一个心思，就是救自己的孩子。

鳄鱼在拍打着水面，摆出一副正与小蛇激烈搏杀的模样。

巴布被鳄鱼吞进口中之后，面对着黑洞一样的口腔和弯刀一样的牙齿，再加上鳄鱼不停晃动的脑袋，本来已经昏厥的巴布，竟然惊醒过来，强大的求生欲望支撑着它在鳄鱼嘴里挣扎着。现在它只有一个愿望，就是从鳄鱼的嘴里逃出去。鳄鱼的嘴巴微微闭着，小蛇只是从鳄鱼嘴里钻出半个身子，再想往前动，身体却像被固定在那里一样，任凭它怎么扭动身躯，也没有丝毫的松动。

潜入水中的蛇妈妈像一列火车，从水里开过来。鳄鱼悄悄划动尾巴，那尾巴就像船舵一样，推动它的身体悄悄转变方向。

蛇妈妈瞬间便扑到鳄鱼前面，而鳄鱼的身体向下一扑，水面马上被它那笨重的身体砸出一个大坑，接着头向上一甩，小蛇巴布便被抛向空中。

巴布的身体像弹簧一样收缩在一起，那是它在积蓄身体的力量，它想等落下来后，再借助于身体的力量逃之夭夭。可巴布显然不知道鳄鱼的计谋。假如小蛇会思考，它一定会想，鳄鱼如果真想杀死它，只要用一成的力量，就可将它咬个稀烂，更别说自己还能从鳄鱼嘴中逃生了。

在这条河边生活数年的蛇妈妈当然知道鳄鱼的攻击套

路，当它看到自己的孩子被抛到空中，马上就想到鳄鱼会迎空出击将猎物撕碎的恐怖情景。现在要救巴布，唯一的办法就是抢先一步。在小巴布落入鳄鱼口之前，自己抢先跃起，用自己的身体把小蛇巴布撞到一边去。

蛇妈妈的身体猛地向里一收缩，后半截身体就盘在了腹下，就像吊车先找准支撑点，才好把力臂长长地伸出去一样。蛇妈妈积蓄的力量瞬间爆发了，长长的身体如出水的长龙猛地跃出水面，水流像斗篷似的被带到空中，然后又像瀑布一样倾泻下来。阳光四射，巴布的身体就像在阳光中飞翔一样，在蛇妈妈的撞击下，它向河岸的方向飞去。蛇妈妈知道，只要巴布能爬上岸，隐藏在浓密的蒿草之中就安全了。

因为在撞出巴布的过程中，蛇妈妈用尽了全身的力量，所以在落下时，它就像失去弹性的橡皮筋，全程弯曲着身子。

鳄鱼不会再给蛇妈妈任何机会，只见它宽大的尾巴向下一拍，平坦的水面顿时被拍出一个大坑，随即又形成一座向上飞溅的山峰，然后后腿向下一蹬，鳄鱼就像坐上了火焰喷射器一般，迎着蛇妈妈的头颅飞去。

蛇妈妈也知道鳄鱼这招凶险无比，它急忙用蛇尾向鳄鱼扫去，希望通过这招，把鳄鱼推开。正在下落的蛇妈妈保持自己身体的姿势都很难，哪里还有多余的力量进行有效的反击呀！鳄鱼的大嘴已经张开，蛇妈妈没有任何回旋的余地，只能任凭自己的头颅掉进鳄鱼嘴里，被鳄鱼那锋利的牙齿咬碎。

鳄鱼用尽了全身力气咬了下去，坚硬的蛇头如同一个西瓜被车轮碾碎了似的，鲜血顿时染红了这片水域。

蛇妈妈的身体仍在挣扎着，它用尽最后一丝力气，将自己的身躯缠在鳄鱼身上。即将失去生命的蛇妈妈仍不放弃最后一丝努力，但这也只是机械般的自卫，对鳄鱼而言，已经不起任何作用了。

蛇妈妈死了，鳄鱼兴奋地吞噬着战利品。只见它使劲甩动头颅，希望把蟒蛇的身体撕成两半，但蛇身有弹性极好的蛇皮保护，要想撕开可不容易。鳄鱼显然不想放弃这得来不易的美餐，要知道，它吞食了这条蟒蛇后，可以两个月不再进食。

鳄鱼努力着，一会儿咬咬这里，一会儿咬咬那里，有时还会衔着蛇妈妈在水中游来游去，但一切努力都是徒劳的。在经过一番折腾之后，鳄鱼终于明白了，得先找个地方把蛇妈妈的尸体藏起来，必须等到这尸体腐败变软后再食用。

鳄鱼就是这么聪明，面对问题，它总能想出解决的办法，这大概也是这个古老物种能生生不息，一直繁衍至今的原因吧！

獴蛇激战

巴布不明白妈妈为什么这么猛烈地撞击自己。随着一阵剧痛，它昏死过去，身体在空中划了一道抛物线，没有落到岸上，而是直接落到了水中。巴布哪里知道，这是妈妈在用它的生命换取自己的新生呀。

巴布在水中漂呀、漂呀，也不知道漂了多久，等它苏醒过来时，它已经躺在岸上了。原来是河水的力量将它推到了岸上。水在向下游不停地流动时，流速总是一定的，而一遇到有物体漂浮在水面，水面的流速就会低于水下的流速，从而形成一种沿漂浮物向外扩张的力。时间长了，漂浮物就会被这种力推到岸边。

正是因为流动的河水的神奇力量，所以巴布才没被河水淹死，如果换作池塘，它恐怕就没这么幸运了。

现在虽然是在岸上，但因为巴布在水里泡得太久，所以它仍感觉像是在水中随流水起伏。它知道，不能待在这里，它要回到它出生的洞穴里去找妈妈。

巴布向前探了一下前半身，后半身弯曲了一下，以便推动整个身体向前，但身体仿佛失去了平衡，前半身竟然被推翻在地。巴布不甘心，翻转身体再试，但仍被推翻在地。就这样，巴布不知道在原地翻滚了多少次，才慢慢找回爬行的感觉。但它身体沉甸甸的，爬得很慢，全身二百多节脊椎骨像是被灌满了水，晃晃悠悠的。

从日落一直爬到曙光初现，小巴布才爬了一小段距离。它抬起头，只见风还在朦胧的蒿草中低语，那蒿草仿佛听懂了风的呼唤，轻轻摇曳着身体回应着。同时有无数小虫，张开翅膀跳到蒿草的叶片上，迎接新的一天。天边的乌云像从火山口喷出的尘烟，向上升腾着。而刚刚露出地平线的红日，则像被岩浆烧红了的火山口。有鸟儿飞上了天空，那时高时低的身影，仿佛在用自己的身体在空中玩跳跳球。

阳光穿过云层，穿过飞鸟的翅膀，穿过高高低低的树木，整个天空像一下子打开了窗户，阳光如风一样，一下子吹了进来。巴布隆起身体迎接着阳光，它感觉阳光就像直接在它的血管里流动一样，很快它就充满了温暖与力量。

巴布的嗅觉也恢复了，它灵活地伸缩着蛇信子，才发现这里的气味与它出生的地方的不同。它出生的地方不仅有蒿草淡绿色的清香，还有枯枝败叶发霉后散布到空气中的像小黑蘑菇似的细微颗粒。而这里除了蒿草的气息，还有一种水果的味道，宛如刚刚打开的一个牛油果，清新而香甜。

这时，小巴布才知道，河水已经把它送到一个陌生的地方。它知道自己是顺流而来的，只要逆流而上，就一定能回到自己出生的洞穴。

巴布尾巴一甩，就向前爬去，家就是水流来的地方，就是阳光升起的方向。它爬呀爬，也不知道爬了多久，正当它的身体如音符在地面划过时，一条浑身长着黄色环纹的王蛇像燃烧的导火索一样，从小巴布身后追上来。

这条黄环王蛇的身长将近两米，是其他王蛇身长的两倍左右，可谓王蛇之王。

巴布听到身后鳞片与地面摩擦的"唰唰"声，尾巴向前一甩，蛇头向后一转，整个蛇身马上掉转过来。而此时，黄环王蛇向后驱动的鳞片也一下改为向前倾斜，就像在给前行的身体踩刹车一般。

巴布抬起头，两只圆鼓鼓的小眼瞪着对方，蛇信子从凹槽里探到嘴外，上下摆动着，仿佛在问对方要干什么。黄环王蛇也抬起头，直盯着巴布，吐出的蛇信子发出"咝咝"的声响，它实在不明白，小巴布遇到追赶，为什么不设法逃走，而是选择掉头对峙。

蛇在捕获猎物时，一般都是偷袭，只有同类搏斗时，才会选择对峙。小巴布是蟒蛇，显然和黄环王蛇不是同类，此时它选择对峙，本想偷袭小巴布的黄环王蛇一时竟然不知道如何是好了！

其实，小巴布听到身后有追赶的声音，掉头迎战也是一种本能。但当它看清了追赶自己的也是一个身子像长矛一样的家伙，心情倒马上轻松起来。因为它在想，外形一样的东西大概就是同类，既然是同类，那应该就是没有危险的。

可巴布想错了，这黄环王蛇虽然不是毒蛇，但它们一个个动作敏捷且性情凶猛。它们不仅吞噬鼠类和鸟类，还因自身对毒液具有免疫力，所以连毒蛇都是它们的食物，何况毫无反击能力的小蟒蛇呢。

巴布一动不动，黄环王蛇也一动不动。巴布不动，是它对眼前的这条蛇感到好奇，而黄环王蛇不动，却是在和巴布比耐力。

巴布终于对这样的对峙失去了耐心，头向下一低，然后贴着地面左右晃动了一下，调转身躯，重新向前爬去。黄环王蛇见巴布要逃，高抬的蛇头也随之向地上一落，紧紧尾随着小巴布。两条蛇一前一后匀速运动着，就像一架大型客机在为一架小型飞机护航似的。

但没过多久，黄环王蛇便抬起前半身，重重地压在巴布的身上。巴布显然不知道黄环王蛇想干什么，它的身体向旁边一翻转，想躲开黄环王蛇的骚扰，但这等于给了黄环王蛇下手的机会。只见黄环王蛇的蛇头向下一低，并顺势钻到巴布的身下，后面的身体也随之螺旋着缠绕上来。

黄环王蛇的身体不停地缠绕着，而巴布也用尽全力反抗着，无奈它是一条刚出生的小蛇，又刚刚经历鳄鱼和妈妈的两次撞击，身体还没恢复。它没扭曲几下，身体就像泄了气的皮囊，无力地躺在那里，如同一根细树枝般任黄环王蛇摆布。

世界上的蛇类主要分为有毒蛇和无毒蛇两种，有毒蛇主要靠毒液杀死猎物，而无毒蛇则靠绞杀。绞杀的过程就是借力打力的过程，被蛇缠绕住身体的猎物为了摆脱，会本能地挣扎，而蛇则是哪里挣扎得越厉害，就在哪里缠绕得越紧。此时，蛇的鳞片就像一枚枚紧紧贴在猎物身上的螺帽，肌肉不停地向里翻转着，如同螺帽顺着螺栓一圈又一圈地向下拧紧。只要是蛇想捕捉的猎物，只要被它缠绕着，那就等于宣布了这个猎物的死亡。在蛇越来越紧的缠绕下，这些猎物不是因血压急骤升高而血管破裂而死，就是因窒息而失去生命。

巴布没反抗多久就失去了反抗能力，这等于又一次救了自己。

因为巴布不再反抗，所以黄环王蛇便失去了着力点。因为这就像编草绳，二股草绳用同样的力才会拧在一起。加上此时的巴布比筷子粗不了多少，一条近两米长的黄环王蛇要想把这么细的小蟒蛇缠绕在身下,显然也很困难。

后来,黄环王蛇终于对巴布失去了兴趣,它重新抻长了像绳子似的身体向前爬去。由此,巴布才知道这个世界上还有蛇吃蛇这种现象的存在。

也许是袭击巴布失败影响了黄环王蛇的心情,它不是将自己隐藏进草丛,而是漫无目的地向开阔地带爬去。刚刚摆脱黄环王蛇绞杀的巴布,仍惊恐地望着黄环王蛇远去的身影,害怕它卷土重来。

但黄环王蛇没爬多远,就遇到了它的天敌蛇獴。

这只身体细长、四肢短小,头小、嘴巴尖,外貌有点像黄鼠狼的动物,刚刚还在高坡上用后肢站立着警觉地四处张望,那是它在寻找猎物的同时观察是否有天敌来袭的习惯性动作。这条脑子像短了路的黄环王蛇的举动,很快就引起了蛇獴的注意,只见它全身的毛一下子竖了起来,粗大的尾巴也高高地向上举起来,那是它要向黄环王蛇宣战的表示。

黄环王蛇的身子像触了电似的,猛地在地上弹跳了一下,紧接着迅速把身体盘绕在一起,蛇头躲藏在身体中央,就像遇袭的鸵鸟把头部埋在沙子里掩护自己一样。蛇獴是群居性动物,但这次不知道为什么只有一只蛇獴出现。这只蛇獴发现猎物后,也没用叫声呼唤同伴,看来它是想独享这份大餐。

蛇獴一步一步紧逼上来。开始,它快速前进,等接近黄环王蛇之后,四肢像是踩在荆棘上似的,身体向上弓起,脚尖轻轻地踩在地面上。因为蛇的视力很弱,只能观察到移动

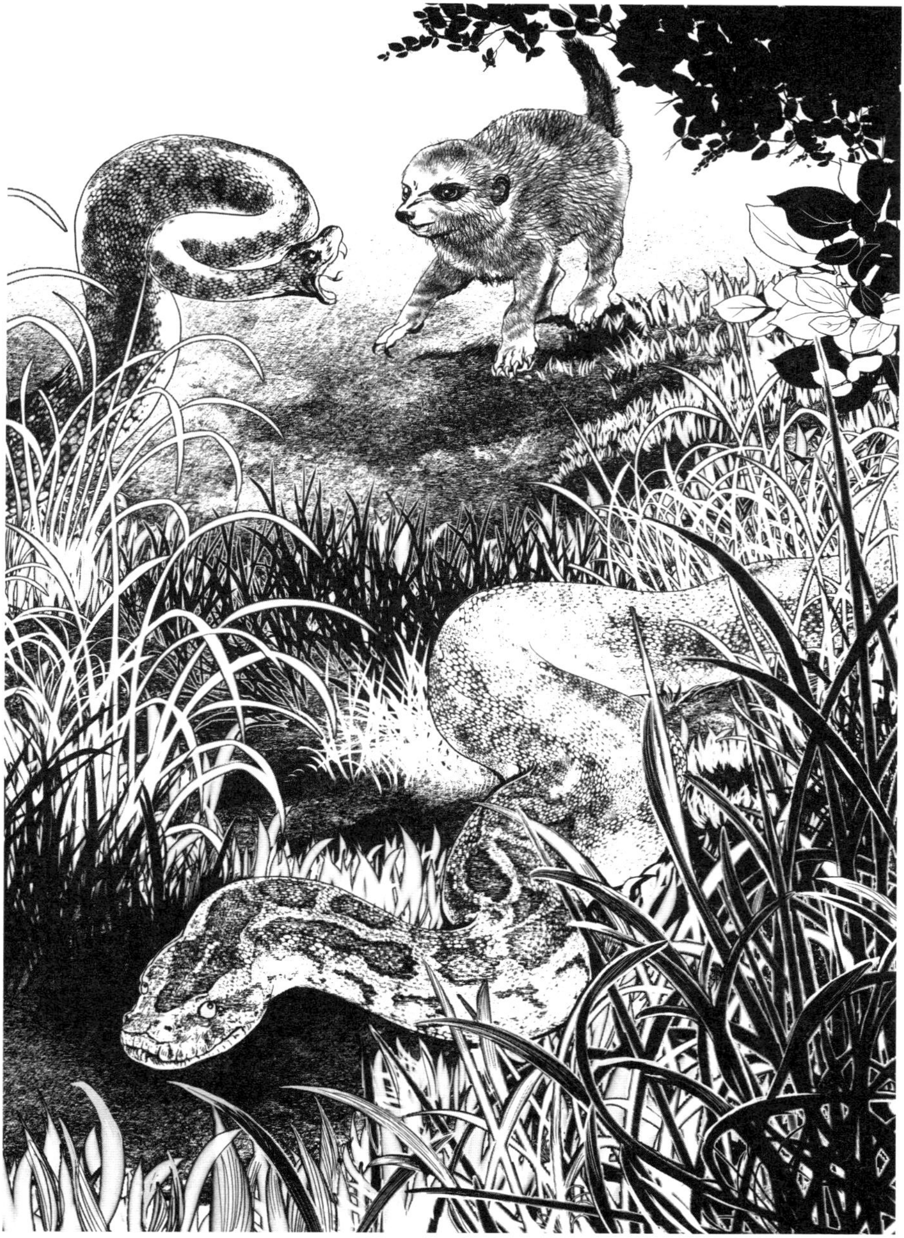

的物体，所以蛇獴放慢脚步，就是为了在视觉和听觉上麻痹对手。

黄环王蛇显然也知道蛇獴的进攻套路，它现在要做的就是以静制动。在蛇獴向自己进攻时，再寻找时机猛扑上去，只要能和蛇獴缠绕在一起，就有脱身的机会，甚至可以把蛇獴置于死地。

这也是毒蛇和无毒蛇的区别。捕捉无毒蛇比捕捉毒蛇更危险。因为毒蛇在遇到蛇獴的袭击后，会愤怒地竖起前身，膨大的颈部会发出"呼呼"的声音，那是毒蛇在用声音警告蛇獴自己是有毒的，最好离它远一点。

蛇獴不仅对毒蛇的毒液有免疫力，而且它天生就有捕捉毒蛇的能力，这大概就是自然界生态平衡的结果吧。

在蛇獴向毒蛇发起进攻之前，它先是目不转睛地盯着毒蛇的眼睛，毛发竖立，显示出比平时更强大的身体。然后，蛇獴开始围绕着毒蛇兜圈子，毒蛇虽然愤怒，但也不敢贸然出击。渐渐地，毒蛇直挺挺的前半身，有了微微的晃动。这细小的变化，说明毒蛇长时间保持一个姿势有些疲劳了。蛇獴便抓住这一机会，身体猛地向前一跃。毒蛇不知道蛇獴这次进攻是个假动作，它那绷紧的上半身下意识地向后一躲，随后像掷标枪一样，向蛇獴的身上掷去。

蛇獴很灵活，躲闪得更快。毒蛇一击不中，为防止蛇獴趁机反扑，急忙向后猛拉身体，而蛇獴果断顺势扑了上来。毒蛇再想反击，哪里还有机会，只好眼睁睁任凭蛇獴那锋利的爪子在自己的身上抓出一道口子。

被骗的毒蛇也变得更加谨慎了，蛇獴则趁机缩小了包围圈，看准机会，身体猛地腾空而起，向毒蛇的头部袭去。蛇獴这次是想一口咬碎毒蛇的头部，但也同时冒着自己被毒蛇咬伤的危险，这完全是两败俱伤的搏杀。

毒蛇可不想轻易失去生命，它见蛇獴跃起，蛇头向下一低，然后又像毒箭一样向上射去。它这是想避开正面冲突，从蛇獴的腹部偷袭。蛇獴的身体并没有下落，而是从蛇头上方飞过，落到毒蛇的身后，在落地的瞬间，蛇獴两只后爪用力向后一蹬，蹬在盘踞在地上的蛇的后半截身上。那毒蛇一下子失去了平衡，扑空的蛇头"咚"的一声砸在地上，摔了一个嘴啃泥。

毒蛇仍想盘绕起身体，组织好身体防御，蛇獴哪里还会再给它机会，连忙用爪子撕扯、用嘴撕咬。毒蛇翻滚着身体，退让着、躲避着，最后像一根晃晃悠悠的皮带，被蛇獴一口一口地吞进了肚子里。

蛇毒是毒蛇的致命武器，但面对蛇獴的进攻，毒蛇还一味迷信自己的武器，并想通过这唯一的武器置蛇獴于死地，这时它最大的长处变成了最大的短处，哪里有不败之理呢。

如今，面对黄环王蛇，蛇獴仍按以前对付毒蛇的办法进攻。但不论蛇獴怎么骚扰，黄环王蛇都不竖起前半身反击，只是一味把头缩在身体里面，就像高挂免战牌，拒不出城迎战似的。

蛇獴是一种很聪明的小动物，它一看黄环王蛇拒不应战，经过几次试探，马上改变了进攻策略。只见它不停向后倒退着，倒退时还故意把脚步放得重重的。果然，蛇獴的举动引起了黄环王蛇的注意，黄环王蛇的蛇头像罗盘里的指南针似的，也慢慢随着蛇獴的身体移动着方向，分叉的蛇信子快速吞吐着，从这表情看，黄环王蛇的神经也高度紧张起来。

退到一个高坡上，蛇獴猛地停住脚，粗大的尾巴在地上扫来扫去，不一会儿，尾巴上就沾满了尘土。然后它轻轻举起尾巴，平搭在后背上，那小心谨慎的样子，像生怕把尘土抖落了似的。

蛇獴压低腰身，随之身子一闪，就向黄环王蛇冲了过去，如同在地上划过的一道闪电。在接近黄环王蛇的身体时，蛇獴向上一跃，灵巧的身体便一下子腾空而起，平搭在后背上的尾巴猛地向下一甩，那钢鞭似的尾巴便挟带着尘土向着黄环王蛇的头部击打过去。

黄环王蛇自蛇獴向后倒退开始，就始终盯着它，因为一时弄不清它想做什么。当黄环王蛇看到蛇獴向自己猛冲过来时，就更不懂它进攻的套路了。就在黄环王蛇迟疑之时，蛇獴已经冲到它的眼前，那龇牙咧嘴的样子，仿佛黄环王蛇再不还击，蛇獴便会一下将它撕碎似的。

此时黄环王蛇退无可退，守无可守，蛇头迎着蛇獴撞击过去。

黄环王蛇虽然没毒，但它那菱形的蛇头迎面出击时就像一把铁榔头，一击之下，就可以把蛇獴的肋骨击为两截。特别是在高速迎头相撞的情况下，黄环王蛇的蛇头甚至可以像剑一样刺穿蛇獴的身体。

蛇獴也知道这一招的凶险，作为进攻强势的一方，它还没愚蠢到想跟黄环王蛇同归于尽。它知道如何进攻，也知道黄环王蛇会作出何种反击，一切就像军事演习中的规定动作，完全在它的预料之内。

蛇獴尾巴向下的这一击，用了十足的力道，而面临生死考验的黄环王蛇在这紧要关头，也不再有丝毫的犹豫，它也已经竭尽全力。一个向前打，一个向后击，就这样，黄环王蛇的蛇头与蛇獴的尾巴在空中相遇了，那惨烈的状况，绝不亚于一架战斗机与一架直升机相撞。

黄环王蛇像战斗机，它那长长的身躯当时就在空中解体了，蛇头夹带着血肉向巴布在的方向飞来，随后"咚"的一声，落到了巴布的眼前。而蛇獴的身体也像失去控制似的在空中翻转着，尾巴上的尘土也随着它下落的身体向上飘散着，像一架直升机在坠毁时拖着浓烟，最后"轰隆"一声落入附近的蒿草之中。

黄环王蛇和蛇獴的打斗早已引起秘书鸟的注意，这种鸟的外表总令人想到文艺复兴时期欧洲人用的羽毛笔。它们身体的大部分是雪白的，而边沿部分又像墨一样黑，大腿仿佛穿上了黑色丝袜，小腿则是特别鲜艳的粉红色，和它细长的眼睛属于同色。更有趣的是，这只鸟的头顶上那十几片高高竖起的羽毛，就像羽毛笔插在笔筒里一样。

这只鸟是顺着阳光的方向飞来的，此时的阳光炽热而且刺眼，甚至还会造成短暂的失明，所以蛇獴没有向秘书鸟飞来的方向观察敌情。正是这一原因，谨慎的蛇獴在向黄环王蛇发动进攻时，并没发现秘书鸟也在向这里飞来。

秘书鸟的喙虽然不长，但像钢锥一样尖，且十分锋利。它在俯冲之时，只需往蛇獴身上一划，就能把蛇獴的头颅刺穿。

秘书鸟是蛇类的天敌，也是蛇獴的天敌。此时，这两种猎物同时出现在它的视野里，选择哪一个作为进攻目标，无疑需要它的观察，这也是它没有急于从空中飞扑下来的原因。

秘书鸟在进攻之前会先弄清楚猎物的特性，跟所有食肉动物一样。相对于蛇獴这种带毛的动物，秘书鸟显然更钟情美味的黄环王蛇。

一旦选中目标，秘书鸟马上伸长脖子，把双翅收缩成三角形，整个身体就像一枚炸弹，呼啸着向地面扑来。还没等秘书鸟冲过来，惨剧就发生了，黄环王蛇已经被蛇獴那又粗又硬的尾巴击中，蛇头被硬生生地削下来，而蛇身仍借着惯性向高空飞去，被恰巧飞到的秘书鸟抓个正着。只见它向上一抬头，正在急速下落的身体就改为平飞，同时伸出两只爪子，向前一摆，然后向后一收。细长的爪子就像锚一般，把黄环王蛇的尸体牢牢地抓住。忽然，秘书鸟平飞的翅膀像被吊起来似的，先向高空隆起，然后向下猛压，仅几次扇动，它便在空中消失得无影无踪。

在剧烈的撞击下，蛇獴虽然没像黄环王蛇一样命赴黄泉，但也摔得不轻，以至于在草丛里挣扎了好半天，才从地上爬起来。

蛇獴对食物的渴望还是大过了伤痛,它踉跄地从草丛里钻出来,那像老鼠一样明亮的眼睛四处寻觅着,可偌大一片空地上,哪里还有黄环王蛇的身影。

蛇獴显然还心存幻想,它一会儿跑到这边,一会儿又跑到那边,有时还上唇上翻,露出牙齿咆哮。那是它在示威,仿佛在说:"谁偷了我的猎物,快给我拿出来,不然有你好看!"但它折腾了半天,周围仍是静悄悄的,连一声鸟叫也没有。

最后,蛇獴好像很失望,拖着尾巴向洞穴的方向走去了。

角马出击

偌大的空地上重新恢复了平静,巴布竖起前半身,像是要对眼前发生的景象重新确认一遍似的,高举的蛇头慢慢移动着,两只眼睛一直鼓鼓地注视着前方。没过多久,它的蛇头就像旋转的雷达一样,把整个区域扫描了一遍。

当巴布确认此处已经没有危险之后,它的整个身体也一下子恢复了往日的弹性。只见它将蛇头微微向后一缩,然后猛地向前一伸,一口就咬住了黄环王蛇的蛇头。蟒蛇的咬合力并不大,再加上口腔内缺乏锋利的牙齿,即使是再弱小的动物,蟒蛇也很难通过撕咬将其置于死地。

此时巴布用嘴咬着黄环王蛇的蛇头,更重要的是起到固定的作用,为身体的缠绕寻找一个着力点。

果然,在巴布用嘴咬住黄环王蛇的蛇头之后,身体就像不停旋转的陀螺一般，围着黄环王蛇的蛇头一圈一圈地缠绕上来。随着身体越缠越紧，巴布身上的肌肉也越绷越紧。大张的蛇口在脊椎肌肉和脖颈下的肌肉的相互推动下，变得像一个极富弹性的皮囊。随着不断吞入黄环王蛇蛇头，巴布小小的蛇头竟然比平时大了一倍还多。

巴布吞噬得很慢，当黄环王蛇的蛇头大半被吞进口腔后，它向上扭动挤压的蛇身一转，腹部的鳞片也开始跟着反转。原来，当猎物进入口腔后，蛇要增加向下蠕动的拉力，通过不同方式的缠绕，促进肌肉牵引。随着巴布腹部更多地翻转过来，它吞咽蛇头的速度也就变得更快了，没过多久，黄环王蛇的蛇头就全被它吞进了嘴里。巴布开始向草丛中爬行，两侧的肌肉也随着巴布的爬行，不停地收缩与扩张着，直至黄环王蛇的蛇头滑进它的肠胃。

巴布现在变得更加谨慎了，一开始充满好奇的世界，如今在它的眼里已经变得十分恐怖。蛇可以吃蛇，蛇獴也可以吃蛇，就连"文质彬彬"的秘书鸟也可以吃蛇，还有多少动物可以吃蛇呢？巴布不知道，所以，它每看到一种动物，首先感到的就是惧怕。

巴布不敢在平坦空旷的地方爬行，虽然那里障碍物少，爬行起来更方便，但那里无处隐藏自己。在草丛中行走，虽然爬得很慢，但浓密的草丛就是保护自己的屏障。因为一有动物经过，草丛就会发出"唰啦唰啦"的声响，每当这时，巴布就会把自己的身体隐藏在一片宽大的绿叶下，或者钻到枯叶下面。直到响声消失，它才会小心翼翼地探出头来，重新上路。

但没过多久，蒿草渐渐也变得稀疏起来，最后成了裸露的沙丘和稀疏的矮树林。要回家就必须穿过这片沙丘，但这片沙丘，会不会成为自己的葬身之地呢？巴布试着向前爬了几下，又调转身体爬了回来。

就在这时，大地像一面大鼓似的，突然被无数鼓槌重重地敲打起来。这是什么动物在狂奔呀？

巴布的身体在地上微微颤抖着，没过多久，从自己爬来的方向跑来一群浑身漆黑、犄角像半个圆环的怪物。更奇怪的是它们的长相——一张长长的马脸，一条长长的马尾，头大肩宽，很像水牛，但比牛苗条，更像马一点。下巴留着一撮山羊的胡子，脊背竟然还披着一条围巾似的绒毛，奔跑的时候，那绒毛就会迎风飘起来，就像围在女孩脖子里的纱巾在迎风飘扬一般。

小巴布现在还不认识这种动物，这动物叫角马，也有人叫它牛羚，总之是一种似马非马、似牛非牛的动物。

原来，这群角马中有一只母角马要分娩了，为了躲避食肉动物的袭击，它们才逃到这里来。这里视野开阔，不利于猛兽隐藏，它们也就更容易躲过企图偷袭的猛兽。由此可见，地形的有利与否，都是相对的。茂密的草丛有利于巴布躲藏，但对角马来说，可能就是死亡陷阱。

跑着跑着，母角马突然停了下来。母角马瞪着鼓鼓的眼睛，细长的前腿站得直直的，而后腿则向下弯曲着，以降低身体与地面的高度。它的肚子随着小角马的不断娩出，也一鼓一瘪地增加着腹腔内的压力。不一会儿,就有像白色塑料袋似的东西从角马的体内滑落出来,而那里面包裹的就是小角马。

母角马鼻孔里喷出两团粗气,嗓子里也不断发出低沉的叫声:"嗯儿,嗯儿。"随着母角马的叫唤,小角马扯着白塑料袋似的胎衣,就像带着降落伞一样从母角马的体内安全降落到地面上。因为有胎衣的保护,小角马没受到一点伤害。

母角马仍"嗯儿,嗯儿"地叫着,被胎衣包裹着的小角马显然是听到了母角马的叫声,四肢在胎衣里挣扎得更厉害了。母角马转回头,伸出长长的舌头,轻柔地舔在小角马身上,就像人类用手充满爱意地抚摸新生儿的肌肤一样。

一下,又一下,没过多久,胎衣便被舔进母角马的嘴里。

小角马将前腿慢慢收到腹部下,半跪着,然后伸直后腿,身体摇晃着想站起来,但它的后腿还很软,还没力量将身体支撑起来,就如同人站在冰上,摇摇晃晃的,脚下一滑,便又跌倒在地上。

母角马调转身体,一副要离开的样子,但它只走了几步就转回头来,用慈爱的眼睛瞅着小角马,仿佛在说:"快站起来,你一定行的!"

小角马望了角马妈妈一眼,跪在地上的前腿猛地一用力,便把前半身支撑起来,后腿向两边一蹬,然后向身体下收拢,但后腿还是站不稳,两条前腿随着后腿踉跄,一会儿向前迈几步,一会儿又向后倒几步,跌跌撞撞的。

母角马不再看小角马,因为它们短暂停留的时候,角马群已经走远了，它们必须赶上。落单的角马根本无力抵御猛兽的攻击，何况刚出生的小角马更需要群体的保护。

小角马的四肢刚才还像柔软的枝条，无法承载身体的重量，但它还没向前走几步，身体就变得协调起来，而柔软的四肢也如同注入了活力似的，竟然能在地上弹跳了。

就在角马母子向前追赶之时，已经走入矮树林的角马群又从树林中逃了出来，它们低着头，鼻孔里喷着粗气，脚下溅起滚滚尘土。此时的它们，就像一架架专为逃跑而制作的机器。

母角马也想逃跑，但它有刚出生的小角马，小角马不能像成年的角马那样一直跑下去，用不了多久，小角马就会孤单地落在后面，成为猛兽的猎物。但不逃又能怎么办呢？母角马在原地不停地跺着蹄子，像是在寻找着解决的办法。

向角马群发动袭击的是一头年轻的猎豹，这头猎豹在角马群还没进入矮树林之前，就已攀爬到一棵枝叶比较茂密的树上，在那里悄悄埋伏下来。

由于猎豹站在高处，所以它身上那浓重的血腥味便弥漫到高空中，而没有飘到地面上。加之食草动物的眼睛出于觅草的需要一般向前看，根本没有抬头向高处张望的习惯，因此猎豹抓住了角马这一特点，等着猎物自动送上门来。

果然没过多久，角马群如同驱赶着尘土一样，向这边狂奔而来。就在角马群将要进入矮树林之际，猎豹头下尾上，高举着钢鞭一样的尾巴，前爪一松，爪子下面干燥的树皮随之炸裂开来，并飞溅到空中，后腿在树干上猛地向后一蹬。

那树干猛地向后一弯，随后又反弹回来，就像拉紧的大弓弦，把猎豹的身体弹射了出去，并直直地扑向一头先进入矮树林的公角马。

公角马也感觉到了背后有猎豹袭来，前倾的身体不由得在原地停顿了一下，再想逃跑已经来不及了。从树干上飞扑而下的猎豹，一下子落到公角马的脊背上。

猎豹在落到公角马脊背上的瞬间，收缩在爪垫中的爪子像出鞘的弯刀，一下刺入公角马的皮层。在巨大惯性的冲击下，角马积蓄的力量重新迸发出来，只见它四蹄腾空，就像在带着猎豹飞翔一样。但随着公角马落地，最先着地的那条前腿再也没法承受这样的重压，"咔嚓"一声，前腿就像一根树枝一样从中间折断了，公角马的身体一个前倾，长长的大马脸一下子撞击在地上。紧抓在角马脊背上的猎豹的身体也被抛向了高空，但在下落的过程中，它的身体在空中一扭，便由四爪朝天变为四爪伸平，而嘴巴也趁机向公角马的脖子咬了上去。

在公角马落地的同时，猎豹也重重地砸在公角马身上。幸好猎豹急中生智，在落地前改变了姿势，如果脊背落地，就很有可能伤到脊椎。猎豹之所以能迅捷地奔跑，是因为流线型的身体减少了阻力，腿可以摆动到最大幅度，极富弹性的脊椎更是起了关键性作用。所以，脊椎是无论如何不能受伤的，因为一旦脊椎受伤，几乎等于宣布了猎豹的死亡。

猎豹正好落在公角马的肚子上，这儿柔软得就像一个充气保护垫。猎豹在落下时，只是向上颠簸了一下，然后借势向下一压，张嘴就咬到了公角马的喉头。这也是猎豹惯用的捕猎伎俩，猎物的喉头一旦被咬到，猎物很快就会窒息死亡，再难逃脱。

就在这时，角马群的首领顶着锋利的犄角冲了过来，就像握着两把大弯刀，要与猎豹拼个你死我活。

猎豹见角马首领冲了过来，急忙移动后腿，从公角马的前面躲到它的背后。角马首领也不松懈，头向下一低，就向猎豹撞击而来，猎豹急忙起身躲避。就在猎豹起身的瞬间，角马首领头部下压，然后猛地向上一挑，幸好猎豹躲得快，如果真的让角马首领的犄角挑中，即便不是开膛破肚，也会身受重伤。

食物重要，但生命更重要，如今公角马有角马首领的保护，看来很难再有机会重新下手。

猎豹逃出角马首领的攻击范围，扭过头看着公角马从地上挣扎着站起来，一瘸一拐地逃进角马群中，眼中流露出失望的神情。

无论食草动物还是食肉动物，除有洞穴藏身的动物外，其他动物是没有家的概念的，你永远不知道它从哪里来，将要去哪里。角马群又重新回到了矮树林，刚刚分娩的母角马还没等到与角马群会合，就被分开了，而在中间站立的就是刚才那头饥肠辘辘的猎豹。

母角马和小角马站在沙丘上，如阳光下的一小片影子，只要有一片乌云飘过，就会将它们从这个世界上抹去。

刚刚出生的小角马是第一次见到猎豹，它眨着眼睛，侧着头，打量着仍站在原地的猎豹。也许小角马对猎豹身上的花纹产生了新鲜感，也许是对猎豹拖在身后的长尾感到好奇，它不是站在母角马身后，而是一步一步向猎豹走了过去。

母角马没想到会突然发生这样的事情，它一定是被吓傻了，仍呆呆地站在那儿，一动也不动。

小角马走到猎豹跟前，不由自主地停了下来，它仰着头，天真地盯着猎豹，那神情好像在跟它打招呼。而猎豹也对小角马的举动很疑惑，它试着向前抬了一下前爪，但随即又收回原处。它低着头，也许在想：这小角马想做什么？

正是小角马不可思议的举动，拖延了猎豹的进攻。面对小角马，它只需挥动一只爪子，就能让这只站立还有些不稳的小角马当场毙命，但小角马身后站着母角马，更何况身后的矮树林里还有成群的成年角马，特别是角马首领，它不仅比别的角马更强壮、更凶猛，就连它的犄角也比其他角马的长很多。

遇到敌手，逃跑是最软弱的办法，有时直视敌人的眼睛，不仅可以让敌人弄不清你到底要做什么，甚至还能使敌人放弃进攻。

此时，猎豹也正面临这样的处境：小角马就站在它面前，是进攻，还是让开一条路，猎豹正做着艰难的选择。

突然，猎豹像是在给自己鼓劲似的，露出利牙冲小角马咆哮起来，刚才还毫无表情的面部一下子也变得十分狰狞。

小角马没想到猎豹的表情能瞬息万变，而且如此骇人。它的身体一跃，就向前跑去，它那细巧的身体像纸片一样，转眼就跑出十几米远。但这点距离对猎豹来说可以忽略不计，它只需一个跨越，就能追上小角马。猎豹一见小角马逃了，它的身体就条件反射似的拉动着肌肉，向前扑去。

母角马也不懈怠，后蹄在地上猛地一蹬，头向下一低，挥着它的致命武器犄角，向猎豹的屁股撞了上去。

奔跑的猎豹听到身后响起迅猛的蹄子敲击地面的声音，知道母角马追了上来。为了躲开母角马犄角的进攻，它的屁股硬生生地在进攻中改变了方向。

站在矮树林边沿的角马首领"嗯儿"地叫了一声，身体左右晃了一下，那是它在用身体语言告诉左右两侧的角马全部出击。随着角马首领的叫声，所有的角马都吼叫起来，那叫声随着向前奔腾的角马群此起彼伏，而地上被角马蹄踏起的尘土，如同战场上的滚滚硝烟，向猎豹席卷而去。

猎豹从没见过这样的阵势，它的身体蜷缩着，看起来比平时小了许多。

在动物世界，动物眼睛的大小几乎和强弱有关。越是弱小的动物，眼睛也就越大越亮，有时甚至大得超出了合理的比例。这也是动物求生本能的进化，眼睛大一些，便能早一点发现敌情，能早一点逃脱，自然也就多了一份存活的机会。

此时，猎豹已经恐惧到了极点，眼睛也顿时大了起来，没想到动物世界的角色转换可以这样快。

猎豹的瞬间奔跑时速可超过一百一十公里，是世界上奔跑速度最快的动物，但它不善于长跑，连续奔跑几十秒钟就要停下来休息，不然就会因体温过高而死亡。面对角马群的进攻，它不能选择快跑。

猎豹一边向后倒退，一边冲着角马群咆哮，而不是掉头逃跑。作为食肉动物，自然更明白这一点，望风而逃是没有出路的，那只会招来更致命的攻击。

果然，猎豹张牙舞爪的伎俩奏效了，冲在前面的角马神情有些慌张，奔跑的速度也不由得慢了下来。前面的角马放慢了速度，后面的角马不知道前面发生了什么情况，有的竟然停下了脚步。

母角马护卫着小角马融进了角马群，角马首领又向前冲着猎豹示威似的晃了一下犄角，然后卷着尘土返回了矮树林。矮树林里虽然草木稀疏，但地上布满沙砾，不适合食肉类动物奔跑，因此也不失为一个理想的栖身场所。

经过一番折腾，猎豹的肚子更瘪了。

折断了一条腿的公角马无论如何是跟不上角马群的，也许用不了多久，这只角马就会瘫倒在地，再也站立不起来。所以，猎豹并不急于离开，而是在矮树林附近转来转去，不一会儿竟然转到了巴布藏身的地方。

也许巴布目睹了这场生与死、强与弱的较量，从此以后开始变得机智而坚强。面对比自己强大的对手，一旦自己受到威胁，就要毫不犹豫地给予还击。也许它悟出了这样一个道理：最强大的防御就是进攻！

猎豹没精打采地走着，突见眼前盘踞着一条小蛇，也许是闲来无事，或者是想借以消磨时光，它先是试探性地低下头看着巴布，见它没反应，便伸出爪子拨弄巴布玩。

巴布已经没有退路，如果任由猎豹拨弄，用不了几下就会被它的利爪撕得稀烂，肯定没有活命的机会。巴布也像角马首领一样被激怒了，只见它盘着的蛇头忽然像一把利剑似的刺向猎豹的眼睛。猎豹对巴布的反击显然没做任何心理准备，它的身体条件反射似的向后躲，巴布也不再犹豫，伸展身躯，像一股弯弯的细流，向着矮树林的方向爬去。

而猎豹没再多看巴布一眼，向草丛浓密的地方走去，没过多久，便消失在蒿草之中了。

而矮树林里的角马，经过一番激战，成功逼退了猎豹，它们感受到了团结一致带来的安全感。此时，它们也一个个安静下来，有的在树干上蹭着身体，有的嘴里叼着草，慢慢咀嚼着，只有出生不久的小角马，仿佛有使不完的劲，仍在矮树林里跑跑跳跳。

看到小角马欢快玩耍的样子，巴布也就更加思念妈妈和兄弟姐妹了，想到这里，它不由得向着家的方向爬得更快了。

野鸭一家

〔法国〕黎达

野鸭宝宝出世了

"嘎!嘎!嘎!"芦苇丛中传来几声低低的叫声——是一只野鸭。

野鸭妈妈名叫羽羽,它的巢在芦苇丛里。它新近下的八枚蛋就在巢的最里面,羽羽慈爱地望着它们。这些蛋被四月的阳光照着,明晃晃的,好像八颗暗绿色的大珍珠。天啊!它们多么美啊!

羽羽想起来了,它开始孵蛋的那天晚上,正好是月圆之夜。自从那天起,月亮已经变换了四次面貌。这天晚上,圆圆的月亮又出现在池塘的上空。羽羽心里有数,它的小宝宝就快要破壳钻出来了。它孵在这些心爱的蛋上,张开翅膀保护着它们,不让它们受凉。它心里喜滋滋的,轻轻地叫了几声"嘎——嘎——嘎",就睡熟了。

天刚亮时,羽羽觉得有什么东西在它的身体下面蠕动,轻轻挠着它。它连忙站起身来,看见了八张黄黄的小嘴和八对黑黑的小眼睛,原来野鸭宝宝们已经破壳了,正在那里蠕动着,啾啾地叫着,最小的一只尾部还留着一块蛋壳。数它叫得最响。

羽羽兴奋极了,叫道:"费克,费克。"

野鸭宝宝们用尖细的声音回答它:"费克,费克。"

八个宝宝可占地儿啦!原来的大巢突然显得小了。它们抖抖翅膀,挤来挤去,啾啾地叫着,想方设法要从巢里走出去。

野鸭妈妈心想:多么淘气啊!满身还都是胎毛呢,竟然就想乱闯了。它抚摸着小淘气们,认真地说:"你们应该待在巢里,保持身体暖暖的。"

野鸭宝宝们觉得出生后的第一个白天简直长得没有尽头。最后,太阳终于落下去了,夜来了,整巢的小野鸭在妈妈的翅膀底下睡去。可是其中一只幼小的野鸭不时发出细微的叫声。羽羽睡得不安定了,它做着梦,梦见巨大的青蛙和树一般粗的水芹菜根。

出巢

第二天一早,羽羽就被宝宝们的叫声吵醒了。它严肃地走出巢外,小宝宝们急急忙忙地跟随着它。

羽羽说:"费克,费克。跟着我,别走远!"

它摇摇摆摆地走在前面,八只幼小的野鸭啪嗒啪嗒地跟在后面,在泥浆里行走。羽羽带着它们朝着一个小池塘走去。小池塘的四周有一圈茂盛的芦苇,挡住了风,隔开了旁边的大池塘。

它们还没有走出沼泽地,就听见有个声音在高喊:"忒儿,忒儿,忒儿!羽羽妈妈生了宝宝。忒儿,忒儿,它有了八个宝宝啦!"

黑水鸡这勤快的报信者迈开长腿,起劲儿地奔来奔去。它一会儿在水里游,一会儿又在空中飞,到池塘各处报道这则重要新闻。

羽羽得意地抬起头望着,它的小队伍已经走到了小池塘旁边。小宝宝们等不及妈妈发命令,都已经下水了。它们昨天才破壳而出,今天就已经会游泳甚至会潜泳了,好像它们已经在池塘里生活了很久似的。它们在水里比在地上自在多了,真是这样!在地面上,它们走起来拖拖沓沓、慢吞吞的,还会莫名其妙地跌跤……可是到了水里呢,只要把脚向后面一划,嚍!身体就轻快地向前滑去了!如果一头扎进水里,还能发现许多奇奇怪怪的东西:绿色的水生植物、一堆堆小卵、各种小鱼……只要把头伸进水里,就能吃到好吃的东西。

幼小的野鸭们有的在水面游着,有的潜泳着,有的扑着水,向四处散开。

"忒儿,忒儿!羽羽生了宝宝啦!"黑水鸡的叫声从远处隐隐约约地传来。

介绍

"羽羽要给它的宝宝们起名字了!"这叫声又惊动了全池塘的居民。

青蛙们在混浊的水中哭着说:"咯咯咯,咯咯咯,我们倒霉啦！我们倒霉啦！没有什么动物能比野鸭更贪吃！咯咯咯，咯咯咯……"

小鱼们没哭。它们只管摆动着尾巴和鳍，赶紧逃走，远远地避开即将到来的劫难。大池塘里的各种飞禽的反应正好相反，雁呀，琵嘴鸭呀，鹭呀，秧鸡呀，还有其他的野鸭妈妈们，它们听到了这个消息都很喜悦。其他野鸭妈妈们有的已经给孩子们起过名字了，有的还在耐心地孵蛋。

它们听到了黑水鸡的叫喊，都三三两两地聚到小池塘里来了。

秧鸡是头一个来祝贺这一巢野鸭宝宝的。它提心吊胆地把头钻在芦苇丛中，说："克里，克里，哑堪！你们好，你们好。我没有时间耽搁……"

这时，传来了一阵翅膀击水的声音，野鸭宝宝们转移了注意力。原来一只角䴙䴘（pì tī）刚刚降落在小池塘里。它"科尼，科尼，科尼"地叫着，向野鸭一家庄严地游来。野鸭宝宝们的眼里只有它的角毛和胡须。不用说，它是这个水乡的大人物。

现在，琵嘴鸭叔叔也来了，它瓮声瓮气地说："沃阿，沃阿，托克，托克。"

另外一位赤颈凫叔叔也游来了，它一边摇着它那鲜艳的火黄色的头，一边叫着："威夫，威夫……"

接着，大雁也来了。它一到，大家就散开了。

"费克，费克，小宝宝们，快来迎接你们的雁婆婆吧。"羽羽说。

野鸭宝宝们很有礼貌地说:"费克,费克。"

雁婆婆回答说:"塔脱,塔脱,塔……脱。"

它还来不及多说两句,天空中又飞来一只美丽的鸟,正好停在羽羽旁边。它的羽毛是五颜六色的,颜色多得野鸭宝宝们都没法数清楚。这只怪鸟比它们的妈妈稍微大一些。它的嘴、眼睛和气度都像它们的妈妈,不过它的头颈是耀眼的绿色。真奇怪……好像这是个假扮的妈妈!

羽羽说:"费克,费克,这就是你们的爸爸啊……"

起名字

野鸭宝宝们惊呆了。过了一会儿,它们中胆子最大的那一只突然兴奋地叫着"费克,费克"。其他野鸭宝宝也学着它叫了起来。于是,这八只幼小的野鸭围在它们的爸爸绿脖子的身边叫着,游着,潜泳着。绿脖子爸爸叫它们不要吵闹,它说:"嘎嘎……你们要乖些……听我说……"

绿脖子爸爸没有继续对它们说话,而是掉转头对那些聚在小池塘里的飞禽说:"这些是我的孩子。它们刚会站立,没有谁教它们,它们已经会游泳、潜泳和嘎嘎叫了。只看这些,你们就知道它们不愧是绿脖子的后代。"

琵嘴鸭叔叔表示赞同地说:"沃阿,沃阿,托克……是的,是的,这些真是地地道道的野鸭宝宝。"

赤颈凫叔叔也发表了意见:"威夫,威夫,它们是有蹼种族的光荣。"

绿脖子爸爸又说:"你们同意吗,在它们幼小的时候,把这个'林池'给它们使用?"

"塔脱,塔脱!""克里,克里,哑堪!""沃阿,沃阿,托克!""科尼!科尼!""威夫,威夫!""我们同意,我们同意!"

只有骨顶鸡站在岸上,喃喃地说:"弗里兹,弗里兹……如果它们留在巢里,那就不会有麻烦。但是,如果它们打算到我的地盘来的话,就会自讨苦吃。"

幸亏黑水鸡说话的声音很响,把它那凶恶的堂妹骨顶鸡的喃喃声盖住了:"得儿,得儿,小林池应该是属于它们的。"

绿脖子爸爸说:"现在该给它们起名字了。"

"塔脱,塔脱,塔脱,这一只叫'潜潜',因为它善于潜水。"

"沃阿,沃阿,沃阿,这一只叫'喧喧',那一只叫'噪噪',因为它俩很会讲话。"

"威夫,威夫,这一只叫'馋馋'。"

羽羽给其余四个宝宝也起了名字,分别叫的名字"泳泳""雏雏""飞箭"和"贝壳"。贝壳是最小的一个宝宝的名字。

绿脖子爸爸又说:"嘎,嘎,嘎……潜潜、喧喧、噪噪、馋馋、泳泳、雏雏、飞箭、贝壳,孩子们,再见了——你们得好好听妈妈的话,因为我没有工夫来管教你们。"

它说完以后,就飞走了。

游览小池塘

第二天,野鸭一家一起床就到水里去了。

"费克,费克,孩子们,你们安分点,好好地跟着我。我们要在小池塘里兜兜圈子。泳泳和潜潜,你们赶紧游啊。雏雏,抬起头来。飞箭,脚用力向后划。噪噪,别说那么多话。

"我们要沿着小池塘的边沿转一圈。现在我们顺着这排灯芯草丛游。灯芯草丛把大池塘隔离了开来。遇到危险的时候,这个草丛是躲藏的好地方。现在我们来练习一下,当我喊着'拉埃勃,拉埃克'的时候,你们就躲起来。你们要认真听,好好记住我的话!

"我们已经游到睡莲湾了。这里是一个安静的地方,你们长大后可以来这里捉青蛙。现在,我们沿着林池的边沿游吧。孩子们,你们不要独自游到这里来。你们认真听,好好记住我的话!"

羽羽带领着孩子们继续在池塘里游。野鸭宝宝们很想到水中的礁石之间去,也想到芦苇丛中的小溪里去玩。可是羽羽看出它们已经游累了,就把它们带回巢里。

日子一天天过去,野鸭宝宝们渐渐地长大了。它们从早到晚都跟妈妈在一块儿。妈妈做什么,它们就学着做什么,什么都学。妈妈潜水,它们也潜水;妈妈梳理羽毛,宝宝们就用小嘴梳理胎毛;妈妈一动不动地停留在水里,它们也一动不动;妈妈对着青草又扯又拔,它们也对着青草又扯又拔。

野鸭宝宝们担心的事情是它们还没学会飞。它们总想：如果能像在水面上一样在空中游，那该多有趣啊！它们扇动着小翅膀，可是飞不起来！羽羽看着它们，心里乐滋滋的。野鸭宝宝们围住了它，说："费克，费克，我们要飞！"

野鸭妈妈用嘴安抚着它们："嘎嘎嘎，再等一等吧。你们很快就能学会飞行啦。到那一天，你们只要把翅膀张开，就能起飞了。"

"但是要等到什么时候呀？"

野鸭妈妈回答说："看看那些水芹菜，当它们开始开花的时候，你们就可以飞了。"

"妈妈，你怎么知道的啊？"

羽羽用野鸭特有的语言答复了它们。野鸭的语言很简单也很别致：嘎，嘎，费克，费克，拉埃托克，拉埃勃。它们就用这几种声音来表达好多好多奇异的事情。

"费克，费克，"野鸭妈妈说，"我们绿脖子家族有一种很古老的历书。"

野鸭的历书

三月，金盏花儿开

四月，小宝宝钻出来

五月，黄蝴蝶花开花啦

六月，宝宝变成小野鸭

七月，水芹在开花了吧

八月，小野鸭已会飞行，多么幸运
九月，正是睡莲花谢叶落时
十月，我们脱毛换新装

"总有那么一天，最后一批花都谢了，风儿吹皱池塘的水，四周一片白蒙蒙。那时我们就和其他野鸭会合，展开翅膀，出发到南方去。"

宝宝们张开小嘴，听妈妈讲着。"嘿！费克，费克。"它们叫着。它们见妈妈懂得的事情这么多，简直惊叹不已。

这天之后，野鸭宝宝每天一醒来就游到水芹菜旁边查看。水芹狭长的叶子已经变成深绿色了，可是还没有开花的迹象。

野鸭宝宝长大了

天气渐渐热起来了。太阳在天空里停留的时间变长了。池塘好像是一座水花园，边沿开放着蓝色的琉璃草。稍远的地方，树上已经长满了新叶子。

大池塘的几个角落，新孵的小雏鸟都钻了出来。长尾凫有十个宝宝，角䴙䴘有四个宝宝。

羽羽的孩子已经比初生时大了五倍啦。它们的翅膀变得强壮，可身上还留着初生时的细毛。

一个月大的时候，它们已经学会了有教养的小野鸭应该知道的一切。首先是躲藏的方法。它们听得出可疑的声音吗？它们辨得出陌生人的到来吗？它们是听得出辨得出的，而且它们会一下子躲藏得影踪全无。

直到目前为止，它们还没有遇到什么危险。当它们幼小的时候，水老鼠曾不止一次地追逐过它们。幸好每次妈妈总能及时赶到，赶走这个贪吃的坏家伙。

老鹰

可是有一天，小野鸭们受到了一次极大的惊吓。那天，它们的妈妈到远一点的池塘里去找绿脖子了。临走时，它叮嘱它们："嘎，嘎，嘎。孩子们要小心呀，不要发出声音来。在我回来之前，你们要好好藏在灯芯草丛里。听我的话，切记切记。"

"费克，费克，好妈妈，我们记住你的话了，你放心吧。"

可是，野鸭妈妈走后不久，潜潜就带头游到池塘的另一边，去看长尾凫新生的小宝宝了。它们刚游出去没多久，雏雏就望见高高的天空中有一个黑点，旋转着下降。

"费克，费克，瞧啊！瞧啊！"

馋馋说："这是一只鸟，不是我们一族的。"

"它下来了，下来了。我望见它有一张钩形的嘴。"

"它还生着大爪子和恶狠狠的眼睛哪。"

"当心，这是敌人！"

"这是老鹰，我们躲起来吧。"

"啊哟！它在潜潜的头顶上打转。它很近了。"

"拉埃勃！拉埃勃！潜潜，当心，当心！"小野鸭们着急地喊起来。

这时，那老鹰像一块石头那样直直地向潜潜冲了下来。可是，潜潜转眼间已经不知去向。老鹰扑了个空。它"基阿，基阿，基阿"地叫着，吓坏了小野鸭们。它又回到了高空中，但仍旧在池塘的上空盘旋。过了一会儿，它扑向了那边长尾凫的巢，眨眼间就抓住了长尾凫的一个宝宝，把它带走了。小野鸭们吓坏了，在躲藏的地方待了好久好久，直到妈妈回来，才敢游出去迎接它。

"妈妈，妈妈，费克，费克，拉埃勃，拉埃勃！"

野鸭妈妈听到"拉埃勃，拉埃勃"，知道敌人已经来过了。

它连忙问："潜潜呢？潜潜在哪里？"

潜潜从芦苇丛里探出头来说："在这里，我在这里。"

"潜潜，好孩子，你把我们吓坏了，你是从哪里钻出来的呀？这么脏，满身污泥。"

"费克，费克，为了躲避老鹰啊。我看见它在我头顶上打转，我就潜泳到芦苇里。喔唷！我躲在水里，大半个身体埋在烂泥里，只露出嘴来呼吸。"

野鸭妈妈慈祥地看着潜潜，心想：它会有出息的。于是，野鸭妈妈也就不去责备它了。

小野鸭身上添了羽毛

小野鸭们的胃口一直很好，因而常常感到肚子饿。对于它们来说，吃东西是一件大事情。

一只老麻鹐（jiān）孤零零地住在一个角落里，它高声地叫着，希望被人听见："克拉伍，克拉伍。我一生中见到过好多东西，克拉伍，可是像它们这样贪吃的家伙，我倒从没有看到过！克拉伍！"

没错，小野鸭们老是在吃东西！它们确实老是在吃东西！它们吃得越多，长得越大。现在小野鸭们已经长得跟妈妈差不多大了，翅膀边上和肚子上也都长出了新羽毛，其他地方也长羽毛啦。

"费克，费克，孩子们，不久你们就会长大啦。"

的确，六月间，黄蝴蝶花刚刚开放，小野鸭们身上就添了新羽毛，像它们的妈妈那样漂亮。如今它们可以随意地在小池塘的各处游玩了。

日子多美啊！

它们在池塘里比赛潜泳，在水面上闲荡。潜潜和泳泳逆流游去，发现了生长水芹菜的地方，其他兄弟姐妹们就一窝蜂地赶过去，分食水芹菜。它们还会在池塘里玩各种游戏：从礁石上翻滚下来啦，追逐吓唬小鲤鱼啦，花样多得很。它们还去捕捉蝌蚪、蜻蜓、蚊虫和水蜘蛛。遇到下雨天就更美好了，池塘的边沿会有很多蜗牛供它们收集。

家里还有许多小朋友来访哪！长尾凫的孩子、角鹬鹬的孩子、琵嘴鸭的孩子……这些朋友都是会扑水、会嚷叫的。

小角鹬鹬生得真好看，它们的脖子上有一圈螺纹。为了鼓励它们游泳，野鸭爸爸会组织竞赛，谁游得最快，谁就能得到一条鱼。它们游累了,角䴙䴘妈妈就向水里一钻,把四个孩子驮在自己的背上。小野鸭们往往会跟着它们一块游。

黑水鸡妈妈讲起话来总是滔滔不绝的,宝宝们也兴致勃勃地听着。快乐的黑水鸡妈妈有好多东西要讲,它知道池塘里发生的所有事情,比如哪家的早饭吃了些什么,什么时候会下雨,哪里最容易捉到青蛙。

绿脖子爸爸很少来池塘。它已经脱下了结婚时的华丽衣服,换上了夏季的装束,一身灰色和棕色相间的羽毛,像羽羽那样。可是它仍旧保持那种高傲的态度,小野鸭们觉得它是世界上最漂亮的鸟。

潜潜的冒险

潜潜和泳泳是这群小家伙中最会游泳的。它俩很贪玩,喜欢到处乱闯!每天,它俩总是最早出去,最晚回家,而且形影不离。妈妈想尽方法要将它俩留在池塘里,可是总不成功。

七月里的一天,潜潜和泳泳的兄弟姐妹们都在阴凉的地方休息,它俩却躲在灯芯草丛里玩捉迷藏。

潜潜一边游,一边在乱草丛中开辟道路。它游得够远了,就叫:"嘎,嘎。"于是,泳泳就去寻找。可是,当它的弟弟快要发现它的时候,它又向前潜泳而去。啊哈!真好玩!

泳泳叫道:"不要游得太远,不要游得太远!回来,回来!我游不动了。"潜潜正玩得兴奋,根本就没有听进它的话。

潜潜向前游呀游呀，忽然，它感到迷惑，停了下来。它的面前既没有水草，也没有灯芯草，只有一大片水！这就是真正的大池塘。这时，它已经忘记了游戏，忘记了妈妈的叮嘱，它的脑子里只有一个念头，就是一直游到大池塘的那边去。

它马上开始了横渡大池塘的行动，潜泳到了对岸，出了水面，它上了岸，抖抖羽毛。它不相信自己的眼睛，面前是一片大草地，还可以望到远处的田野、树林、山丘。它没有想到陆地有这么大！它勇敢地向前走着，一边走一边东张西望。有时它停下来吃草，吞下一只脚边的鼻涕虫，或者去捉蚱蜢。它感到一切很美妙。

它心里想：我们也可以生活在陆地上。可惜土地这样硬……哎呀！我的脚开始痛啦！

它一瘸一拐地走着，来到一块裸麦田里。它以为这是地上的芦苇，可以躲在里面休息。它累了，钻进去垂下了头，闭上了眼睛。这时，它忽然听到一个低沉的叫声，接着传来了可怕的汪汪声。潜潜透过麦秆，隐隐约约地望见一个动物：它很大，没有翅膀，大脑袋上没有喙，长着四条腿和一条滑稽的尾巴。这是一条狗。

潜潜提心吊胆，这一刻，它宁愿放弃世上所有的鼻涕虫，只要能回到池塘里头，回到自己家人的身边。此时它连喊"拉埃勃"的勇气都没有了！

接着四周突然静寂下来，敌人走开了。

潜潜小心地走出躲藏的地方，蹒跚地走向池塘。啊！那个可怕的声音又在它后面响起来了——"汪汪汪"。原来那条狗并没有走远，而是偷偷追踪它呢。潜潜忘记自己不是在水里，它想潜水逃走……头向下一伸，撞在坚硬的地面上。这时，那条狗离它只有两步远了。

突然，奇迹出现了。潜潜不由自主地展开了翅膀，用尽力气地扑着，它的脚离开了地面——它起飞了！真奇妙啊！它上升着，上升着，在草地的上空飞着，飞着，没多久就飞到了大池塘的上空。真美啊！风从羽毛下面掠过的感觉是多么爽快啊！飞比走和游快多啦！真是想不到啊！

它飞到了池塘的上空，望见发愁的兄弟姐妹们正围着妈妈。它想打招呼，于是叫了两声："嘎，嘎！"叫声是那样轻快，以至于让野鸭妈妈感到十分疑惑。

"是潜潜呀！它在飞了！它在飞！"小野鸭们在下面叫嚷着。

当潜潜落下来停在它们身旁的时候，喧喧高声叫道："水芹开花啦！水芹开花啦！"

小野鸭会飞啦

小野鸭们纷纷扑着翅膀，都想起飞，可是它们都没学会飞。直到三天后，泳泳才会在池塘上空飞行。接着，飞箭、馋馋和其他小野鸭也会飞了。

有一天早晨，野鸭妈妈对它们说："费克，费克。听着，你们准备好，我们就要出发了。"

小野鸭起飞了。起初，它们觉得自己生活的池塘很大。

可是，它们越升越高，池塘在广阔的原野里越变越小。

小野鸭们本想飞到很远很远的地方去，看看高空下的千百种奇景。可是，它们已经飞累了，妈妈带领它们飞回到大池塘的上空，绿脖子爸爸在那里对它们说："孩子们，现在你们会飞了。从现在起，你们可以在大池塘里生活了。"

于是，潜潜、泳泳、喧喧、噪噪、雏雏、馋馋、飞箭、贝壳开始了新的美妙生活。

每天，它们都有新发现或者新冒险。它们在大清早就起飞，迎着风一直向前飞，直到找到有沼泽的小山谷、荒僻的湖或者一片荒地为止。发现新地方之后，它们先对四周观察一番，如果没有什么异常，就降落，然后参观、探索。偏僻的沼泽地是它们常去的地方。这真是一片乐土。你想捉一只青蛙，只要伸一伸嘴，就可以得到两只。

"这里！蚯蚓真长，至少有一百米长！"馋馋用力从泥土里拉出一条蚯蚓说。

到处是一片欢乐的叫声。

开头的几天，它们从天空里望见了许多新鲜的东西，这些东西都是野鸭妈妈没来得及逐一告诉它们的。

"妈妈，你瞧这只吃草的野兽像鹭，哞哞地叫着。"

"这是一头母牛。"

"是朋友还是敌人？"

"是朋友。"

野鸭妈妈尽量用简单的词向它们说明：那些是树、那些是草地、那些是小河、那些是云朵、那是风。

"妈妈,这里那里一堆堆用砖石堆起来的东西是什么呀?"

"这些是人类的房屋。"

"人类是朋友还是敌人?"

"是敌人,永远别和他们接近。听我的话,切记切记。"

今年冬天不会冷

太阳照耀着原野,池塘的水位变低了,沼泽地干了,土地开裂了。芦苇开出一束束小花,已经到夏末啦。

野鸭们在晨雾中飞出去,访问它们发现的乐土。它们通常会在中午之前回到池塘休息,直到太阳即将落下,美丽的黄睡莲合上花瓣没入水中的时候,它们才又飞了出去。

潜潜、泳泳和它们的兄弟不再到偏僻的沼泽地去了,因为那里已经被鹭一家毁坏了。

但是,那个平静如镜的大池塘里满是小鲤鱼,那个开着蓝色的龙胆花的小池塘里到处是蠢动着的水蜘蛛、蚊虫和龙虱。在那僻静的地方,还有许多水芹菜。

有一天,它们正在那里探查着,吃着东西,一只黄色的小动物跳到水里,恰巧落在它们旁边,向对岸游去。

"费克,费克,妈妈,你瞧,它多么可爱啊!"

"费克,费克,的确是一只可爱的动物。这是松鼠翎翎,它去收集橡子。它身上没有一根灰色的毛,我可以预言今年冬天不会太冷。你们记住了,将来可以看看我说的对不对。"

脱毛换新羽

夜长了。太阳不像以前那样火热了。雨后，河水涨了，地上一片湿润。有一天早晨，小野鸭们感到身上不舒服，很难受。它们想像平时那样飞行，可是一飞起来就无力地跌落在水塘里。它们每扑动一次翅膀，总有几根羽毛脱落。它们灰棕相间的美丽羽毛竟然一根根地脱落了。小野鸭们心神不宁，跑到茂盛的芦苇丛里躲藏起来。这时，妈妈就来安慰它们说："孩子们，不要怕，没关系的。野鸭们每年都要换一次羽毛，现在是你们换毛的时候啦。"

绿脖子爸爸回家了。它行动艰难，因为它的大翅膀简直是光秃秃的了。

野鸭妈妈说："你们瞧，你们的爸爸的这套夏装也变得破破烂烂了。可是你们放心，几天后，它又要穿上结婚时那样漂亮的衣裳了，就是那一身绿色、蓝色、紫色、灰色和棕色相间的美丽羽毛。"

绿脖子爸爸说："是啊，你们放心吧。几天以后，我们都要有新羽毛了。孩子们，你们要知道，第一次换毛是野鸭一生中的大事情……之后你们就要成为大野鸭啦……总有一天，你们的翅膀会把你们从雾蒙蒙的地方带到阳光普照的地方去，开始一种全新的生活……"

绿脖子爸爸像对大人讲话那样语气严肃，小野鸭们聚精会神地听着，一动都不敢动。它们陷在沉思中，幻想着旅行和陌生的目的地。

它们在藏身的地方待了许多天,精力渐渐恢复了,精神也好转了,身上也已经长出了新羽毛。

又是那只勤快的黑水鸡向整个池塘里的居民报道:"忒儿,忒儿,羽羽一家已经换上了新衣裳,忒儿,忒儿……"

多么神奇啊!泳泳、飞箭、贝壳的衣裳跟妈妈的一样!其余的小野鸭跟爸爸绿脖子的一样。真是太有趣了!

潜潜乐疯了,它不断地在水面上照着,梳理羽毛,抖抖翅膀,得意地叫着:"嘎!嘎!我是绿脖子!我是绿脖子!"

几种候鸟

此时大池塘里开始骚动起来。候鸟们都要出发到南方去了,有的结成小队,有的结成大队,陆续来到这儿。有些只是途经这里,有些则是把这里当作目的地。一家赤颈凫来到沼泽地里过冬,而此时琵嘴鸭已经离去了。池塘里的鸟儿们来来往往,川流不息。那只勤快的黑水鸡简直不知道向谁讲话才好。

"忒儿,忒儿,大鹬们刚刚来到啦!它们要在这里住下来,要一直住到满月!忒儿,忒儿,今天晚上,鹭们要出发了!忒儿……"

野鸭妈妈的孩子们异常兴奋。它们从这个队跑到那个队,看看这些候鸟,问问那些候鸟。

"嘎,嘎,你们是谁?你们从哪儿来,到哪儿去?"

潜潜和泳泳总是跑在前面，去欢迎那些新来的朋友。它俩渴望跟那些候鸟一起上路，因此急急忙忙地回去问爸爸："我们什么时候出发？什么时候？什么时候呀？"

有一天，那只黑水鸡报告说，那些骨顶鸡就要来池塘上集合了。果然，第二天，有百来只骨顶鸡来到了池塘上。第三天，池塘里聚集了近千只骨顶鸡了。噪噪知道那些骨顶鸡讨厌野鸭，可它还是去给它们送行了。它大胆地游到它们面前，问道："嘎，嘎，你们到什么地方去？"

"弗里兹，弗里兹，这不关绿脖子家的事。走开走开，你真是碍手碍脚。"

"嘎，嘎，如果我妨碍了你们，你们走自己的就行了呀。"

"弗里兹，弗里兹，该死的野鸭，真是缺乏教训。"骨顶鸡说。于是，二十张大嘴追着可怜的噪噪，打它，啄它。当它清醒过来的时候，池塘里已经空荡荡的了。骨顶鸡聚集在天空里，像一朵乌云。

噪噪的翅膀耷拉着，头上流着血。它用力游到芦苇丛中，像小时候那样叫唤着妈妈。野鸭妈妈闻声迎上去，替它包扎了伤口，怜悯地安抚着它。它的兄弟姐妹们看见它们的噪噪被欺负成这副模样，非常难过。绿脖子爸爸看看它的伤口说："噪噪要经过一段时间的治疗才会痊愈。照现在的情况看，长途旅行的劳累它是经受不住的。今年，我们不能到南方去了。"

馋馋、噪噪、喧喧、雏雏、飞箭、贝壳都很乐意留在这个可爱的池塘里。可是潜潜和泳泳却非常不高兴。它俩一心盼望着这次旅行，已经盼望很久很久了。

几天过去了,喧喧和馋馋正在芦苇丛里,在它们的老巢旁边照看着受伤的兄弟。野鸭妈妈、绿脖子爸爸和其余的野鸭在池塘里慢慢地游着。水面上映出一朵朵灰色的云。

突然,一阵扑动翅膀的声音和鸟叫声让潜潜吃了一惊。二十只野鸭轻盈地浮在水上,它们游过来跟野鸭妈妈及它的家人打招呼,好像是老相识。它们的头颈比绿脖子爸爸的还美,羽毛更加灿烂夺目。它们从北方飞来,准备到南方过冬。"嘎,嘎,费克,费克,嘎嘎",池塘顿时闹成一片。

潜潜和泳泳仿佛着了迷,它俩欣赏这些美丽的候鸟,并与它们结下了深厚的友谊。

潜潜对泳泳说:"费克,费克,我再也待不住了……我再也不愿待在这里了,我要走啦……"

泳泳回答说:"我也一样,我也一样。我不离开你。"

野鸭妈妈听到了,低垂着头说:"哦,孩子们,你们长大啦,该飞走啦!你俩生得真结实,性格又勇敢。你们要过得自由又幸福,我会多么高兴啊!世界很大、很美。费克,费克!你们将会见到壮丽的河流、广袤的沼泽湖泊、各式各样的房屋、连绵的群山和森林,还有那比天空还蓝的海洋……我们会留在这里医治你们的兄弟,在这里等候你们回来。明年春天,你们一定要回到这个池塘里来,把你们见到的一切讲给我们听……现在,亲爱的孩子,飞吧,飞吧,离开吧。祝你们一路顺风!"

潜潜和泳泳很激动,向亲爱的爸爸妈妈和兄弟姐妹一一告别。它们注视着老巢,最后看了看它们生活了好久的地方——这片美丽的池塘,然后跟噪噪道了最后一声再见,便跑去跟它们的新伙伴会合了。

在一片大叫声中,那些旅客像听到了什么指令,都"噗噜噜"地一下子升到了天空里。它们由一只远征老手野鸭领队,潜潜、泳泳和其他野鸭跟在它的后面,排成人字形。它们飞着,飞着,飞着,好像一支巨箭射向天空……

(吴凯松 译)

黑闪

乔传藻

这只大黑狗站在满是疙瘩的老树桩上漂流着。

它不知道多少天过去了。它觉得似乎星宿和太阳彼此很想聚一聚，却又总是碰不到一起。它们究竟是谁在追谁呢？

晚霞在涌流中熄灭，星宿在山梁里点亮……

又是一个清晨。老树桩大概漂累了，在山脚沙湾上搁浅了。"咯噔"一下，大黑狗从树疙瘩上颠了下来。它的爪子再一次踩上了坚实的土地。山地上密密簇簇的水香菜，遮住了哗哗流淌的溪流，却遮不住溪流里青苔、水草下隐藏的鱼腥味。

它饿了，饿得连太阳光都想去舔一口。不，饿得就像它的肠胃在自己啃咬自己似的。它跟跟跄跄地向溪边的水香菜地走去。没走出多远，就晕在颤动的山地上了。

被一场雷暴改变了命运

暴雨泡酥了山的筋骨，山要滑坡了。

大黑狗躺在泥石流里。它不知道，过不了多久，它，还有很多来不及逃命的箐鸡、竹鼠、狗獾，都会被泥水埋进地底。

森林里河流中充满了惊惶的逃命气氛。能飞的、能跑的，只要自己的感觉还没有变成长满木耳的烂树，它们都在慌忙地离开这里。

大灰兔追赶着野鹿，白鹇（xián）鸟在孔雀飞过的树梢拍响了翅膀，黄猴追着飘曳的青藤远遁。在这危急的时刻，不愿逃命的只有树巢里的鸟蛋，还有倒在地上的这只大黑狗。

风停了，雨歇了，轰隆隆的，是大山梁滑动的巨轮，它们深藏在地层底下。不信，你把耳朵贴在地上听听。

"突"的一闪，黄金草莓刺丛的底下，跳出一只小麂（xī）鹿。它棕红灼亮的眼里，流露出强烈的焦虑和懵懂。小麂鹿来到大黑狗身边，用温热的鼻头推了推大黑狗，意思是说："伙计，快跑！"大黑狗一睁开眼睛，就看见了身边的小麂鹿。没等大黑狗站起来，小麂鹿的蹄尖在空中划出一道优美的弧线，弹跳着向开阔的山洼跑去了。它的脚杆那么细，蹄尖不过草莓大小，一脚蹬下去，能把山地上的花瓣踩破吗？

大黑狗警觉到了森林里的骚乱气氛。它感激地望了望小麂鹿的背影，艰难地撑起脚爪，跟着踉跄逃命。

深涧陡箐，轰鸣着闷雷似的声响。"轰隆"一声，河滩塌陷了，眼前的高山，瞬间矮了一大截——山体滑坡了。

这是山的葬礼啊，大树抖散了头发，哭着倒地。山岩也在痛苦地抽搐。

它也当过称职的撵山狗。它和它的主人也共享过一个红红的火塘。那是一段多么美好的日子啊，头顶上的草排，蓝天上的云彩，瓦钵里喝不完的热汤，全都是属于它的。

它怎么也不会忘记，家乡有一座陡直壁立的大石崖。它

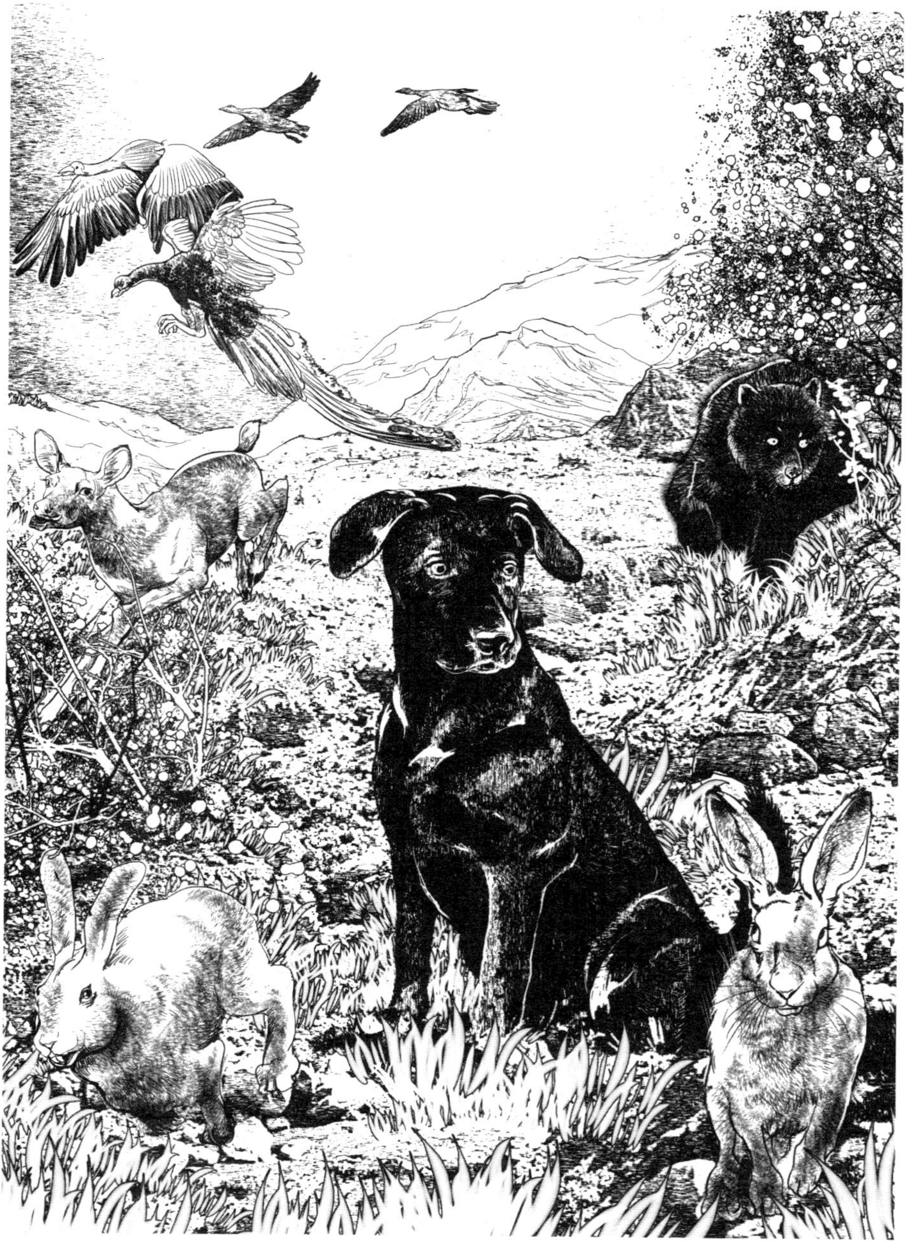

一叫，崖子也会跟着叫。如今，大黑狗远去了，石崖还会自己叫唤吗？

一场雷暴改变了它的命运。它的全部不幸都是箐水、山洪造成的。流落异乡不说，它还险些送了命。真得记住小麂鹿的恩情，要不是它温润的鼻息轻轻一触，这会儿，它多半已经让坍塌的山坡当包子馅了。

大森林蒸腾着暖融融的雾气，天又放晴了。它跌跌撞撞来到了栗树林。

这里是黄猴的势力范围，它们吱哇叫闹着，似乎在庆贺自己的好运气。树上树下，这些家伙不管怎么忙活，嘴巴都不会闲下来，它们总有吃的。瞧，有的在落叶底下翻出了椎栗籽，嚼得有滋有味；有的捉住了蝉，撕下翅膀，一边举起来对着林隙间的阳光打量，一边往嘴里送；还有的猴子发现了枯树洞里淌出一绺绺正在迁徙的蚂蚁，伸出前掌挡住了蚂蚁的去路，百折不挠的蚂蚁并不改变行进路线，它们排起纵队从猴子毛茸茸的手背上通过。不用说，猴子伸出舌尖，把它们一一消灭了。

猴子吃蚂蚁的场面，真让它大开眼界。大森林像无数栅栏，这片林子把你放出去，那片林子又把你困住，不填饱肚子能走出去吗？

它想去河湾里逮鱼。又肥又嫩的细鳞鱼从岩阴石缝里游出来见见阳光，只要往浅水滩上一站，受惊的鱼就没有不跳出水面的。山风送来了鱼腥味，闻起来比看起来还要清晰。它幻想着捉住了鱼鳞的闪光。

大黑狗兴奋得鼻尖潮润了，它随着山风的导引向河边跑去。没跑多远，它又泄气了：一只凶狠的老黑熊赶在它的前边，站在河湾里，有一下没一下地拍打着河水。水花跳，有时鱼儿也会跟着跳。鱼儿刚蹦出水面，便被老黑熊一巴掌扇到沙滩上去。鱼儿可真笨！

大黑狗怕熊，疲乏地躲到树下喘息。

从大树脚下望去，山坡上长满了磨盘草，绿油油的。突然，有什么东西跑过，翻起了草叶的背面，山坡上犹如弹动一根银灰的线。

是野兔！它一跃而起，追了上去。

大黑狗有一手逮野兔的绝活。森林里的野兽脚印，它最熟悉的是野兔。在老家的松林里，它们打的交道还少吗？凭着那惊人的嗅觉，它分辨得出哪些脚印是兔子出窝时踩的，哪些脚印是兔子打食归来留在青苔地上的。野兔最傻，出窝回窝只走一条道。

这次，大黑狗又观察到兔子的这些秘密。它选了一块树荫密得连阳光也挤不进来的森林空地，抓起一大堆乱叶，就着牛身子大小的一堵岩石，钻进树叶堆里，藏得严严实实的，连尾巴尖都没有露出来。

这是一只大灰兔，它跑出窝来，去向阳的山坡上吃够了野栗子，又多喝了几口酒——岩缝里渗出的山泉水，眼睛红红地回来了。大灰兔路过隆起的树叶堆时，还想蹿上去打个滚玩玩呢！谁知这堆叶子脾气真怪，一下炸了窝，满树林黄叶纷飞。

没等大灰兔愣过神来,"嗷呜"一声,毛毵毵(sān sān)的大怪物把它钳住了。

大黑狗有了力气。对它来说,奔跑又重新成了乐趣。但它害怕孤独。

山林里的大树,有的站在山顶,有的站在山洼。不管它们分得多开,彼此也没有忘记用绿叶响起的沙沙声问好。还有大树伸出自己的胳膊,粗粗大大的枝干,搭在肩头上。

大树尽管只用一条腿站立在山地上,它们是不会感到孤单的。岩缝里长出的小花也不会寂寞,但是它们在用彼此的芬芳传递信息。心事重了,就沉淀在花粉粒上,最后,交给蜜蜂带走。

只有这位外来户找不到朋友。风不睬它,岩石见它也铁青着脸,大树就像糊在树皮上的青苔,神情冷漠。

它不会唱歌,只会唱一句歌词:"我想有个家……"它说不出来,不过,它分明有这样的经验:"家"是离不开火的。有火的地方就有家。在那里,主人的呵斥也充满了火光一样温暖的情意。

它急切地想回到人群中去,想得心痛。

不久,这样的机会终于来了!

那是一个傍晚。太阳仿佛受了伤,从琥珀色的云层间泄漏出来的霞光,血红血红的。大黑狗在草丛溪涧上发疯似的狂奔。它不是在撵兔子,它闻到了烟火味,亲切的烟火味!

它一路上摔了许多跟斗,当来到冒火烟的地方时,失望、伤心、疲累让它趴下了。这是一棵遭到雷电轰击的枯木树。雷雨夜蹿出云层的闪电在这里引发了火灾。这会儿，大树孤零零地戳在河边石崖上，像一支烧剩了的火把。

夜色漫平了山谷。河水滔滔，浪花里有模糊的星光晃动。大黑狗踩着河边的鹅卵石，顺着流水的方向走去。

差点死在人的刀下

转过眼前的山，河滩上有人升起了篝火，红通通的！仰起鼻子闻闻，柴烟的小尾巴里，还夹杂着人的气味，那是汗香味呀！

大黑狗发出了快乐的呜咽，颠颠地跑了过去。

这是一个年轻的疤脸汉子，他蹲坐在火堆边添柴。大黑狗不敢莽撞，它在火光和黑夜的交界处，敬畏地趴下了。它殷勤地咧开了嘴巴，用眼神和尾巴乞求："收下我吧，我愿意和你在一起……"

年轻汉子一定是遇上了不顺心的事情，正盯着贪婪的火焰打主意。忽然，他听见了窸窸窣窣的声音，倏地抬起头来。

它胆怯地从火光映照的河滩缩回了爪子。这个人的眼睛，像两块会燃烧的黑炭，让它心里发怵。老实说，有一次它在山林里面对面和野猪遭遇，当时的感觉也就和现在差不多。

它在考虑需不需要重新躲起来。山林里的野兔多的是，当只野狗也没什么不好。

年轻汉子认出了这是一只狗。他猛拍膝盖站起身来，弓下腰去，嘴里发出亲热的招呼："啧啧啧！"大黑狗感动极了，它连忙起身响应，尾巴摇得可有劲儿了。

这个人穿着一件满是油腻的花格西装，窄小的西装袖口下露出的是粗大的手。只是他的另一只手为什么藏在身后呢？欢迎朋友应该伸出双手来才对。

它站住了。

年轻汉子还是没把右手伸出来。他想了想，左手从饭盒里拈起一条油炸干鱼扔给大黑狗。浓烈的油香味唤起了多少记忆啊，它没等干鱼掉在地上，便张口接住了，嚼起来根本不会感觉到鱼刺的存在。

篝火边的汉子又扔过来一条鱼。它只能摇尾巴表示谢意，舌头和牙齿都在忙活。不过这条鱼也太袖珍了，两口就吃完了。

它抬起头定定地望着对方，这才发现自己走到篝火边来了，瞧，这个人的左手又拈起一条鱼，差点杵到它的鼻尖上。大黑狗想，你倒是扔过来呀，不要露出牙齿笑嘻嘻地一动不动。

第三条鱼刚刚填进嘴里，这个人藏在身后的那只手，倏地握着短棒闪了出来。不等大黑狗再眨一次眼睛，短棒狠狠地敲在它的脑袋上。刹那间，它感到自己的生命像青烟似的在夜空升起。这一棒，打得它灵魂出窍了。

疤脸汉子叉着腰，用脚踢了踢地上的狗。他是在掂量猎物的肥瘦呢。

自行车驮着它来到集市。它一动不动的，看上去像是死了。灌进耳朵的喧哗声揭地掀天，这是来到街上了。

过去，护林员带着它赶过街。它懂得赶街是什么滋味：平时，人们单家独户过日子，没有机会挨在一起亲热。只有到了赶街天，人们膝盖碰着膝盖，背篓顶着背篓，吆喝应着吆喝。再宽的土场也挤窄了，再长的马路也缩短了。站在板车架上放眼望去，四山八洼的人们，像一条条小溪，还在往街上淌呢。

疤脸汉子艰难地推着自行车。自行车的前轮在人缝里挪动。他一定是撞见了熟人，隔着街上晃动的篾帽和肩头，他们扯直了喉咙在喊话："冯疤，你不是在林管所找到一份美差了？"

"早着呢，还在托人情。"

"噢，祝你好运。这些天，你的汤锅生意很红火啊？"

"才不是！扛枪打野味，枪让'山神'老倌收了；下河拿鱼，渔网让尖石头挂烂了。"

"这条黑狗……"

"狗是……我路过金粉寨买的，犟得很，让我敲翻了。"

"来小店喝一盅！"

"不喝不喝，人家说，你的酒是酸的！"

一声"呸"，结束了这场笑骂。

弥漫在阳光里的灰尘，刺得大黑狗的眼睑发痒。它在自行车的后架上，拼命忍住了。它连眼睫毛也不敢颤动一下。它没有死，颠颠簸簸的自行车后架，竟还有点儿治疗作用呢，脑瓜皮不那么疼了。

名字叫冯疤的汉子推着自行车，拐进一座泥墙小院。前院临街,酒客在木桌上划拳碰杯,酒话连天;后院是他的屠宰场,静悄悄的。

拽头提尾,它被放倒到地上。

"沙——啦!沙——啦!"这是什么怪声呀,听见像看见一样可怕。它浑身上下麻酥酥的,有一种快要痉挛的感觉。

它黑黑的瞳仁在轻轻转动,最后,从三根,不,顶多从五根睫毛的空隙中瞅了出去……

疤脸汉子正对着它,蹲了个虎步,在弯月形红砂石上磨一把牛耳尖刀。刀尖够亮了,亮得让它透心凉,可眼前的这个汉子还在不停地磨。

大黑狗情不自禁地蹬了蹬脚。这一蹬,让它狂喜——那根生牛皮鞣制的皮条,那根带着血汗盐渍味的皮条,那根把它牢牢实实捆在自行车后架上的皮条,不见了。自由像新鲜空气一样,又灌满了它的全身。

它合拢眼睑,不敢睁眼。它的脚爪,在悄悄地,悄悄地,用蚂蚁走路的速度往回蜷缩。

冯疤站起身来,他一手提刀,一手攥着那根细藤粗细的皮条,走到木架底下,甩手把皮绳扔过了横梁。皮条耷拉在木架上,一悠一悠的。

啊,他是想把"死"了的大黑狗吊上去,用尖刀剥下黑茸茸的皮毛,再做成褥子卖呢。

它的心抽得紧紧地。怎么办呢?院子门虽然是敞开的,可是哪里跑得出去?这个捉住它的人走近了,足音贴着它的耳朵。只要它敢"活"过来,不等撑起身子,就会被这个凶恶的人按住脑袋压在地上。他双手的力量，它已经领教过了。

阴影盖满了它的全身。尖刀的光亮在它脖颈上晃悠。宰狗的人走近了。心里的冷叹差点儿让大黑狗掉出两滴泪珠来。它恨自己：都怪那三条油炸鱼，都是嘴馋的下场啊！

就在这时，前院酒桌上传来一片喧哗声。有人跺脚，有人骂娘，盛酒的蓝花海碗摔在青石板上。"当啷，当啷……"这响声救了它。

它躺在潮湿的泥地上，吃惊地扑闪着眼睛。这还不算，大黑狗硬撑着身子跟跟跄跄地站起来了，定定地望着小酒店。疤脸汉子早已扔下尖刀朝前院跑去。他刚跑到廊檐下，有一个堂倌模样的少年掀开竹门帘迎了出来，慌慌张张地大声嚷嚷："冯大哥，冯大哥，喝酒的客人打起来了……"

"为了什么事？"冯疤的声调直打战。

"客人说，你卖的苞谷酒里掺了水……"

冯疤的身影闪到竹门帘里边去了。

它从容地抬起头来，看了看悬挂在绞刑架上像死蛇一样的牛皮绳，它要牢牢记住这根绳子。

它吃力地迈过门槛，逃出了屠宰场。

向荒野地逃去

它一头钻进荨麻地。鼻尖、尾尖、爪尖全都蜷缩着，团紧身子藏在野芋叶的阴影里。

吵吵嚷嚷的声音飘散到晚风里，来来去去的身影混合在暮烟里。

白昼把自己交给了黄昏——红土地上的黄昏。村路、山墙、房屋,在霞光里释放出自己的赭红。红得惹眼,红得富丽。这是贫瘠山村的富丽啊!

大黑狗在暮色即将笼罩大地时感到了安全。它爬出荨麻地,向荒野地逃命。

应该怎样来解释它的选择呢?它没有远走坟地,也没有藏身树洞,它望见了前边的小村庄。在那里,炊烟比树梢还悬浮得高呢。它裹了一身红土灰,竟然又向村头一户人家直奔而去。这是一幢低矮的泥墙瓦屋。山墙是用红土舂成的。白木门干裂了,落日的余晖映在双合门上。它来到门口,稍稍犹豫了一下,正想举起爪子扑开门爬进门槛,一抬头,它就看见了门楣边悬挂着用生牛皮鞣制的绳子,盘在一根木钉上,像一条睡着了的蛇。这条皮绳让它惊骇万分,它调回头来,直向黑魆魆的远山跑去。

清晨,它踏上了毛毛路。这些小路是放牛娃娃踩出来的,也是岩羊踩出来的,小路像叶脉一样纤细。

它嗅见了蘑菇的清芬,可惜它对这些东西不感兴趣。它仰起头来,董棕树滴下了大串露珠,它张口接住了,心里一喜——它品出了大森林温馨的甜味。

它又开始在林子里寻找食物。一群姿态潇洒的白鹇鸟"扑棱棱"一声,飞落在竹林里。它们刨开地上的笋壳、竹叶,低头啄食竹蛆。

真羡慕它们!瞧,那只大个子白鹇鸟,它的眼睛就像红宝石，好亮呀！这家伙一定是"鸡"群的头头，它很会动脑筋。这会儿，它扇着双翅扑进了草丛，山地上的马鹿草一下遮住了白鹇鸟的脊背。这家伙在草丛里拍打着翅膀，抱着草根正睡午觉的螳螂烦透了，使出跳高绝技想远走他乡，谁知刚刚掠出草尖，就被白鹇鸟一嘴衔住了。

白鹇鸟叼住螳螂细竹节似的腰肢，腾身飞回竹篷脚下。那里还有两只毛茸茸的"小山鸡"，它们兴奋地张开翅膀迎了上来。

大黑狗咽着口水走开了。它记起了岩石脚下的青苔，走过去舔了两口，可舔着舔着，它又鄙夷地啐了出来：真没意思，这是兔子吃的！

它来到了绿得发黑的林子深处，"唰拉"一声，树藤的网罗豁开了口子。从里边走出一个野家伙，它的腰杆比水牛还粗，头上却不长角，耳朵也怪，有野芋叶那么宽大。最可怕的是它的鼻子，昂起鼻尖吹气，层层叠叠、密密苍苍的树叶竟被它喷出的气流掀得哗哗响。

它吓得赶紧趴下了。不过，又有些不甘心。它悄悄地掀开了眼皮……哎呀，太可怕了！大家伙甩着长鼻子向大黑狗走来了。这个野家伙像一幢会走路的竹楼，腿杆有柱子那么粗，它那一脚丫踩下来，会把大黑狗踩得像地一样平！大黑狗赶紧闭上了眼睛。它感到有一道黑影正从它的头上滑过，颈上的绒毛也跟着直立起来，只是它一点儿也不觉得疼痛。

它慢慢地睁开了眼睛，发现这头不长角的野家伙从它身边踱了过去。这家伙留在泥地上的脚印圆圆的，像簸箕一样大。

它这一天要受的惊吓还没有结束。

太阳偏西了，晚风吹来了烧得焦煳的马粪纸的气味。大森林像颤抖的蜘蛛网，显得惊悸不安。不知是什么缘故，松鼠“唧唧唧”地报着凶信，马鹿抿紧耳朵逃命。大黑狗耸起鼻尖闻闻，确实有些不妙，它回身朝林子外边疾奔。

这是一只花斑草豹。它的嘴筒子好像装不下它的牙齿了，獠牙从嘴的两边龇了出来。它发现了狗，它最恨狗，大狗、小狗、花狗、黑狗统统都是它的仇敌。

草豹挤出了杂木林，它从晚露打湿的草地上发现了狗的行踪。这还了得！敢到豹子的家门口张望来了！它一路追了过去。

草豹追出了芭蕉林，来到溪涧边，哗哗的野溪挡住了去路。它停也没停，一个虎跳，飞身越过了山涧，身子轻得草都没有带起一根。前边，藤藤叶叶编织的森林绿网唰唰地响，那个毛毵毵的入侵者，正紧贴地面往前梭动，草豹嗷呜一声，跟着也钻进了树网。

紧挨着树网的，是一片青山洼，这是草豹最畏惧的地方。要知道，这里是人的领地！

一条弯弯曲曲的红泥小路，穿过翡青的草地向前延伸。尽管泥地上梅花形的脚印是那么新鲜，草豹怎么也不敢靠前了。

小路像一条山藤，它一头系着大森林，一头系着守林人居住的杉木小屋。小屋坐落在水箐边，房头上总是飘着一股神秘的黑烟，风也吹不散。草豹素来不敢接近这幢小木屋。

它害怕看守山林的老头。他有一根铁棒，铁棒会打雷，还会扯闪，发起脾气来，山岩也能被掀掉半边。

草豹低下钢针似的胡须，碰了碰泥地上的踪迹，悻悻地调头走了。它的态度很明显：我们后会有期！

成了守林老人的撵山狗

这里是刺桐坪自然保护站。大黑狗躲进了守林人的小木屋。屋里没有人，看守山林的傣族老人波依相带着他的撵山狗巡林去了。

说来也凑巧，恰恰就在这天晌午，波依相的猎狗被扭角羚挑死了。

事情是这样的：阳雀吵得最凶的时候，天大亮了。波依相老人吆喝着猎狗走进了山林。他的猎狗名叫黑闪。黑闪是一只凶狠好斗的大黑狗。从它的耳朵尖到尾巴尖，浑身炭黑，就连它的两个眼珠，也像点上了乌漆，黑得放光。它在守山房里窝了一夜，来到用原木桩围成的院落，不等主人发话，它飞身从原木矮墙上跳了出去。

波依相老人知道这只猎狗的脾气，怕它吃亏，追出用紫荆条编成的院墙门，连声招呼说："黑闪！黑闪！"

山风堵住耳朵了。它听也不听，一眨眼就没了踪影。

波依相老人暗暗发急，这里是自然保护区，黑闪又不识好歹，要是咬坏了珍稀动物，守林人可不会心安。他在山路上加快了脚步。

波依相老人熟悉远近山林，熟悉山上的野生动物。这些年，他的大脚板踩滑了岩石，踩硬了红土路。此刻，像是为了酬劳这位老人，在他走过的地方，一队队香菌戴着傣家人的小篾帽，站在路边等候，可惜波依相老人看也不看它们一眼。他心里只惦记着他的猎狗，它有勇无谋，他不放心。

心急的人，跑得比麂子还快。他追出栗树林，来到了山场上。站在这里，他听见了黑闪的吠声：低沉、凶猛，大有决一死战的架势。它碰到什么样的敌手了？波依相一边猜一边判断着黑闪的位置。灌进耳朵的，尽是山风在麻栗树上吹响的口哨声。哦，路边上的蜘蛛网挂破了，看样子不是山风挣开的，蜘蛛网的下边，野牛脚迹窝里积攒的雨水，是被谁搅浑的？

波依相明白了，他提起铜炮枪弯腰从蜘蛛网上闯了过去。悬崖截断了他的去路。老人站在崖边，他抓紧石棱探身往下看去：啊，看见了，黑闪气势汹汹地正和一只体格雄健的野物对峙。

那是扭角羚，学名又叫苏门答腊羚羊。扭角羚身材高大，脖颈颀长，细角短而尖亮，角把上鼓起一圈儿一圈儿铁墨色螺纹。它披着一身发亮的棕褐色细毛，撑开四蹄，正低昂着脑袋等待黑闪的袭击。黑闪步步紧逼，扭角羚用鼻孔里喷出的悠长的啸音来回应。

波依相蹲在岩石上，手掌遮在嘴边，大声发出命令："黑闪，回来！"他的喊声碰在对崖石壁上，回声里也透露着不满："黑……闪……回……来……"

黑闪理也不理。在它看来，扭角羚不过是一只野山羊罢了。它只是个子大一些，还不会长出弯角！这些，有什么可怕的。看，傻大个倒换着四条腿慢慢后退。哈，它是怕我咬它的鼻尖呢。不小心，却把长长的脖颈暴露出来了。

黑闪哪里懂得，这是扭角羚的绝招。不设防的位置往往隐藏着圈套。黑闪张牙舞爪，直冲扭角羚的脖颈扑去。扭角羚瞅准它的前爪刚刚掠过头顶，尖角往上一举，左边的角叉猛地挖进了黑闪的肋骨。黑闪痛得哇哇大叫，意思是说："我不玩了，放我下来！"扭角羚哪里肯听，它耸起肩峰抵紧角叉，两头一用力，带螺纹的角尖深深穿透了黑闪的内脏。这样，扭角羚只是抿一嘴野花的工夫，就把黑闪挑在单角上，在空中旋了几旋，甩头扔下陡崖。

黑闪栽在岩石上，嘴里噗噗地冒着血泡，死了。扭角羚潇洒地喷着鼻孔，轻快地刨刨蹄子，头也不回地走进了丛林。这些，波依相老人都没有看见。事情发生时，他正顺着山藤往山崖下走呢。

老人最终来到了黑闪的身边，他气恨地取下了猎枪。可昂头四顾，哪里还有扭角羚的踪影？它像山风吹散的轻雾一样消失了。

大石崖下，隆起了一座坟冢，是用乱石垒成的。老人在黑闪的坟前坐了好久好久，日色凉了，才起身离去。临别时，他脱下了青布单衣，轻轻披盖在坟堆上。

波依相老人踏过晚雾打湿的草地往回走。背阴的山谷箐涧，溶溶细雾像纺车上的飞花丝丝，从岩洞里，腐叶堆里，不停地往外涌。它们就像老人的愁绪，驱不散，挥不尽。好难挨的黄昏啊！

波依相老人回到了他的守山房。

"吱——呀"一声，栗木门臼响了。在老人的身后，山顶峭岩上的最后一抹晚霞，从敞开的门洞射了进来，照见了依偎在火塘边毛毵毵的客人。

波依相老人以为是看花了眼睛，他使劲揉了揉，定睛细看，哟，这家伙怯生生地迎了上来，黑头黑脑黑尾巴，连眼珠都是黑的。毛色、长相、身架怎么跟刚刚死去的黑闪那么相像呢？波依相仿佛觉得，他的好伙伴并没有死，它挤开压在身上的乱石块，抄近路跑在前头赶了回来。

波依相老人手扶门框，惊喜地唤了一声："黑闪！"

大黑狗喜欢这个名字。这一声呼喊，让它觉得自己本来就在这间小木屋生活了很久似的，他们是老朋友了。单凭喊声，它就能体会到守林人亲切的抚摸。大黑狗脊背上的每一根毛丝都顺溜了。

日子在花前月下闪过，岁月从云影山风中流失。

在它的印象中，又有好多好多个日夜从身边溜走。究竟有多少呢？它说不出来。不过，它分明觉得，在这些日子里，山阳坡上的鸡脚刺又炸开了黄黄的大花；山背阴处的细箭竹又撑起了浓浓的绿云。它，名叫黑闪的撵山狗，跟着守林老人，也学会了不少本事。

波依相老人养着一窝山鸡。它们腿长，脖细，锦衣彩服。晚间，山鸡图凉快，喜欢蹲在用原木围成的栅墙上过夜。黑闪仰头看去，发现山鸡的尖喙正对着天幕上碎米粒似的星星。它总是想，它们会把星星啄下来吗？

白昼，山鸡在树林和草丛觅食。它们三三两两，咯咯呼叫。林子里的土蚕、蚂蚁蛋、花壳虫，是它们的自助餐。山鸡有多快活啊！

渐渐地，守林人也搞不清自己养了多少只鸡，他更说不清花母鸡在树洞、刺蓬花扔下了多少野蛋。

这些，撵山狗黑闪都有数。

那是一个雀鸟噪红晚霞的日子，波依相巡林回来，挎着竹篮去林子里转悠。黑闪也跟了去。它发现一个秘密：精明的守林人只要一看见鹅卵石大小的物件，就弯腰拾进篮子。这人真是傻，尽捡些没有用的东西，这玩意儿白亮亮的，我在林子里见得多了！不过，既然主人觉得有用，我也跟着拾掇吧！

晌午，黄昏，新来的撵山狗常常满嘴满脸粘着蜘蛛丝钻出丛林。每次出来，它的嘴里都会衔着个鸡蛋。它似乎也知道这东西又脆又薄，颇有些瞧不起的味道，但放到竹篮里时，动作却是轻轻地。

守林人并不轻闲：采集树种，巡林堵卡，工作多得做不完，哪还有闲心侍弄他的山鸡。

一个多雾的日子，那只脸颊涨得通红的花母鸡丢失了。就在黑闪快要把这只花母鸡淡忘的时候，它又回来了。花母鸡带着一窝刚刚孵出的小鸡走出了树洞。大概是离家久了，花母鸡忘了归路，"咯咯咯"地在林子里询问。

黑闪应声出现在它的身边，用尾巴掸，用鼻尖拱，把鸡崽们赶到了红土上。花母鸡带着它的小鸡们朝守山棚走来了，它一路欢叫，一路刨出草根底下的蚯蚓，啄短了供鸡崽品尝。它自己饿细了脖颈，饿得毛色凋零，却绝不吃一口。这些，黑闪都看在眼里，它不远不近地殿后，一副大管家模样。

　　守林人在偏坡地上点种了一片荞子。苦荞开花那季，星光下推门望去，荞子地里真像落下了一场大雪，白皑皑的。

　　最有意思的是犁地撒荞籽那天，波依相老人赶早从镇上借来牯牛，老人在后边掌犁，黑闪咬着牛鼻绳在前边牵犁。它耐心地走在犁沟里。犁头像一尾大鱼，在泥浪里追着牛脚杆往前游动。犁到地埂边该调头了，波依相挥动牛鞭，吁吁地指挥着牯牛。黑闪顺着掌犁人的吆喝，叼紧了牛鼻绳，牵着这个庞然大物往回走……

　　晌午时分，太阳辣了，野芭蕉似乎承受不住太阳光的重量，叶子软了。波依相老人赶着牛到树荫底下，他卸下牛轭，身子靠在红木树上，想抽袋烟养养力气。老人一摸腰上的皮兜肚，这才想起烟杆忘在火塘边了。黑闪趴在守林人身边，热得伸长了舌头喘气。波依相拈了一撮烟丝给它闻闻，黑闪打了个喷嚏。老人拍拍它的脑袋，说："扛烟锅来！"黑闪似乎听懂了他的吩咐，站起身踏响了草地上的阳光，向守山房跑去。没过一会儿工夫，黑闪回来了，嘴里叼着守林人的玉石烟杆，跑得颠颠的。

　　波依相老人舒坦地喷出一口烟子。他轻轻地用手指叩了叩黑闪的耳朵，说："你呀，你只是不会说话，笨一点儿的人还不如你呢！"

和小鼷鹿成为朋友

不过，能说黑闪是一只称职的撵山狗吗？

那天，波依相老人奇怪得直眨眼睛，他跺脚说道："你，你太无用了！"

这是一个森林里灌满蝉声的日子，波依相带着黑闪巡林。正午的太阳最累人，波依相走出了一身毛毛汗，困得眼皮发黏。他带着黑闪来到栗树下，拢起一堆干黄的栗树叶，铺成厚厚的垫子。老人枕着他的铜炮枪，闻着太阳留在栗树叶上的香味，深深地吸了口气。

迷迷糊糊的，波依相听见了响声，"哗啦，哗啦"，栗树叶让什么野物踩破了，叶茎叶脉的断裂声在给守林人报信。

老人坐起身来。他担心黑闪乱嚷嚷，伸手搂住它的脖子。也不知黑闪是故意装傻，还是什么也没有看见，它无动于衷地把自己的爪子从烫烫的阳光地里缩回来。波依相心里踏实了。

一只袖珍小鹿的蓝黑色影子，从黄金草莓的刺枝底下轻轻地滑了出来。波依相顺着影子往上看去，啊，这是小鼷鹿呀，是自然保护区里的宠儿！去年，镇上的胖所长陪着省城来的两位科学家，想给小鼷鹿拍张照片。他们住在波依相的守山房里，整整等了一个雨季。科学家走遍了山角崖尾，他们把大象、马鹿、老熊的模样尽都收进黑皮匣子里去了，心心念念想要拜访的小麂鹿却始终不肯露面。

今天真是一个大吉大利的日子，小东西主动送上门来了，真应该和它交个朋友，逮住它圈养在守山房里。你看它，个头不过一拃高，腿杆只有波依相的烟杆粗，脚趾尖也只有小学生写字的毛笔笔尖大小。小东西浑身长着棕黄色的细毛，它走出花荫来了，身子轻轻地，脚趾尖踩在栗树叶上，有如小雨点砸在干树叶上的声音。

小麂鹿距离守林人三米远，它偏起脑袋站着，一双褐红烁亮的大眼睛，还在定定地端详着波依相老人。它的神态里包含着这样一句问话："你是谁呀？"它似乎想弄清楚，面对着它的，是一尊散发着体温的岩石呢，还是一棵会喘气的蕨树。

小麂鹿提脚，放脚；提脚，放脚；脚趾尖在空中划出优美的圆弧。它转到下风口来了。小麂鹿鼻子一翘，就闻到了山风里的陌生气味，惊惧使它收住了脚步，赶紧跑掉了。

波依相松开了胳膊，他猛喝一声："闪，逮回来！"

黑闪追了上去。

波依相捏着猎枪，抄近路守在一片山洼草滩上。黑闪跑得太快，它抢先堵住了小麂鹿的去路。小麂鹿慌了，不知该往哪边跑。关键时刻，黑闪却没有一点儿正经样子。它这边挠一爪，那边挠一爪，把眼前的这只小麂鹿当成花蝴蝶耍了。波依相站在高坡石岩上，大声发出命令："逮住！逮住！"他沙哑的喊声里带着火气，黑闪听出来了。它不明白主人为什么那么不高兴,一愣神,小鼷鹿从它的肚皮底下钻了过去,"扑通"一声,蹿到碧波滔滔的藤条河里去了。

波依相乐了。他捻出一撮像麂子茸毛那么细的烟丝,塞到用山石打磨出的烟斗里。他想美美地过过烟瘾。守林人知道,小鼷鹿的傣语名字叫"玉介番",用汉语翻译就是"怕水的鹿"。小东西只要一浸进水里,就像掉进了大酒缸,上岸后会自动醉倒在沙滩上,晕晕乎乎小半晌才醒来。

黑闪追踪到河里,水流又深又急。波依相喷出一口烟子,他等着黑闪把俘虏叼回来。

小鼷鹿昂头游上河岸。真像波依相估摸的,它没走出几步,脚脖子先软了。它娇弱得似乎连身上的阳光也禁受不住,头一偏歪在岩阴地上。轮到黑闪大显身手了!

奇怪的是黑闪上了岸,并不忙着去逮小鼷鹿。你看它,端着架势,撑开四条腿,抖擞着身上的水珠,一个激灵,黑得透出蓝光的皮毛,掠过了一道光的涟漪。它慢慢悠悠凑到小鼷鹿的身边,还用它的鼻头推了推对方,好像在问:"伙计,你怎么睡到湿地上来了?"小鼷鹿蜷起身子,一动不动。黑闪低头叼起它的后颈,转身拎到了热沙地上;不放心,又伸出舌头,舔了舔小鼷鹿身上的水珠。

黑闪在小鼷鹿身边趴下了。

隔着一河推推搡搡的浪花,波依相看得目瞪口呆。他睁圆了眼睛,还用手去摸后脑勺:这小子,搞些什么名堂啊!

他一下就想通了。这是一只骁勇无比的撵山狗,它怎能去进攻失去了抵抗力的弱者?这是世界上最败兴的事情。

猎狗在等待，守林人也在等待。

阳光像针灸似的，把小鼷鹿点醒了。它往上一蹦，掀起后蹄钻进了密林。大黑狗神情淡漠，它爬起来，晃了晃脑袋，似乎要把那些沉重的记忆抖落在沙滩上。它瞥了一眼小鼷鹿的背影，轻轻吠叫两声，一副各回各家的模样。

它跳进河湾，"哗啦"一声激起一叠叠箭镞形的浪花，向波依相老人站立的河岸游来。

守林人吃惊得直眨眼睛，他举着烟杆，半晌说不出一句话……

怪事还在后头。

这天，守林人又带着黑闪远出巡林。他背着竹花篓，篓里装着毡子、铜吊锅、米和盐巴。走远了，他们准备在山洞里过夜。那时，竹花篓又是一个临时的家。

黑闪兴奋异常，跑前跑后，似乎山道上的每一朵野花都是它的朋友。来到树荫密得蜘蛛都扯不开网的洼地时，它皱起鼻子发现了什么，一头钻进树丛里去。

这么耽搁还行呀？波依相舞着手里的烟杆，大声揶揄说："回来，你又没背猎枪，你小子乱钻什么？"

山风在树梢上放肆笑闹。老人黧亮的脸上，浮现出几丝苦笑。这么淘气！他让步了，叹息着卸下背篓。

一会儿工夫，黑闪撞开茅草、踏响树藤，又跑回来了。它的鼻尖上糊满了破渔网似的蜘蛛丝，这小子顾不上用前爪扑抹干净，就冲到守林人跟前。它又挠又叫，咬着守林人的裤脚边就往箐洼里拽。

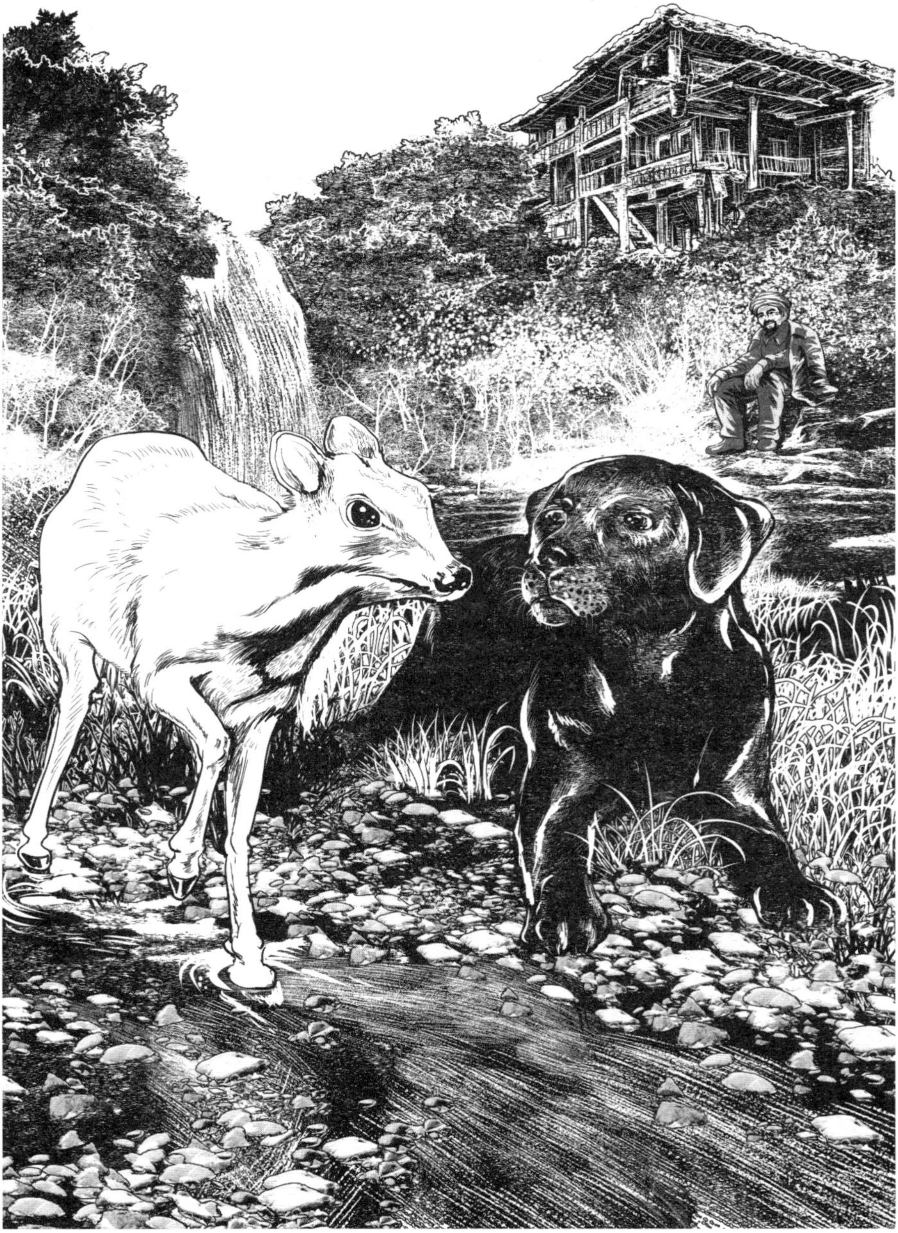

波依相觉得蹊跷。黑闪发现什么了？他心里嘀咕着，提起那杆枪管上镶有三道铜箍的火药枪想进去看看。老人瞅了瞅竹箩里的家当，大喊道："闪！"

他指着竹花箩吩咐，黑闪一下明白了主人的意思，它听话地走了过去，在竹箩边趴了下来。

波依相径自朝箐洼深处走去。树藤拦拦绊绊，藤叶牵牵挂挂。守林人转开了心思：黑闪不会无缘无故叼着他的裤脚往林子里拽的，这家伙鬼着呢，说不定发现什么了。

守林人抽出长刀，钐开面前的刺藤，他弯着腰，在湿漉漉的草地青苔上，辨认黑闪跑过的踪迹。草地延伸到了青桐林，挺秀的栗树密密实实。这里是马鹿、麂子爱来的地方，豹子在弯弯拐拐的树丛里穿行。

波依相走到林边，忽然听到树脚下的落叶泼水似的响。那是什么呀？哟，是小鼷鹿，是那只连花瓣也踩不破的袖珍小鹿！它怎么了？怎么会躺在栗树脚下苦苦挣扎？

这里是鹿道，是小鼷鹿出没的地方，它常常来到这片林子找野栗子吃。渐渐地，小鼷鹿的行踪被山外边的偷猎者发现了。贪婪的人在鹿道上藏了个铁夹子，倒霉的小鼷鹿偏偏踩在机关上，让铁牙齿狠命咬住前腿，它的后腿在林地上一蹬一蹬的。

守林人气愤地掰开铁夹，顺手扔进山沟里去。他托起小鼷鹿，小心地搂在怀里。

老人抱着受伤的小鼷鹿回到山路上。黑闪趴在竹箩边等他。波依相心想，多有灵性的动物啊，要是没有你的尖鼻子,小鼹鹿今天怕是要遭难了!

在这些日子里,黑闪的性情变得温驯多了!夜晚,月亮从山雾里拱了出来,照亮了小木屋,照亮了土场边的篱墙。往常,碰到这样的景致,黑闪总是仰起头来望着月亮叫上大半宿;如今,它都忍住了。黑闪知道,有一位小客人住在廊檐下养伤呢,不能惊吓到它。

白天,它见到守林人的时候,尾巴摇得更加殷勤了,敬畏和服从使得它好多次伸出舌头去舔主人的手,那双茧花里粘着树脂的大手!

守林人太能干了,他缒着悠悠荡荡的粗藤,下到陡直陡直的大石崖,抠啊,撬啊,采来一大把花花草草,用篾帽兜着回到守山棚。他把这些花草捣烂了,敷在小鼹鹿的伤腿上,又用几片树叶裹紧了,用细篾线缠起来。守林人在做这些事情的时候,小鼹鹿躺在老人的胳膊弯里,用一双棕色的亮眼懂事地望着他,好像在问:"我又不认识你,你对我怎么这么好呀?"

黑闪见状冷淡地调头望着正午的树林。那边,不知又是哪一只花母鸡在下野蛋了,做广告似的连声嚷嚷:"咯咯嗒!咯咯嗒!"

黑闪眯缝起眼睛,不朝小鼹鹿住的地方张望,也不去寻觅那只野蛋。它知道自己此刻的职责是什么。守林人曾经拍着它的脑袋,指指从柴火堆里掏出的干草窝说:"照看好这位小伙计!"它对这句话的理解是,"不准跑远了。"

整整两天,它都没有离开过廊檐。有时山坡绿草地上翻起一道银痕，它知道那是什么宝贝跑过，仍然愁闷地闭上了眼睛。丝毫也没有去追赶伏击的意思。它宽慰自己说："世界上就数兔子肉难吃，撑得我肚子疼！"

两天过去了，又是一个清晨。太阳像是被树杈挂住了，密密匝匝的枝叶，把它分割得很斑驳。波依相老人蹲在小麂鹿的窝边，小麂鹿一点儿也不惧怕他，还伸出舌头舔了舔老人的手指。

守林人抱起了小麂鹿，解开了它脚杆上的篾线，不等他往地上放，小麂鹿便哧溜一下，从老人的怀里蹦了出去。一跳一纵，脚像先前一样轻捷有力。

小麂鹿从敞开的篱门跑了出去。黑闪紧紧跟着，琴鸣似的溪流水声吸引着它们。一条清花亮色的小溪，从刺桐树旁边流过。小麂鹿跑到花树底下，它踩着山风摇下的花瓣，低头细细品尝。黑闪在阳光地里蹲下了，它皱皱鼻子，闻到了小麂鹿爱吃刺桐花瓣的秘密：那东西有一股红糖存放久了的味道，甜得发酽。真想不通，吃这种怪东西也值得这么忙活？嘴真馋！

它蹲坐在草地上，眯缝着眼睛朝溪头溪尾打量。守林人让它照顾好小麂鹿，它是不敢大意的。再说，它也挺喜欢小麂鹿，黑闪怎么也不会忘记那个大地打哆嗦的日子……

"咕突突"，飞来一群山老鸹（guā）。它们招呼也不打一声，便落在红地毯似的花地上，尖嘴插进花瓣堆里猛啄。这些家伙也喜欢吃刺桐花，它们在和小麂鹿抢食呢，黑闪不高兴了。它"哼"了一声，山老鸹装作没有听见，还用脚爪在花瓣上刨呢，小爪子也让花汁染红了。黑闪怒不可遏，大尾巴一甩，起身冲了过去。

山老鸹惊叫着飞走了。

林子边上，有一只大黄鹿，磨磨蹭蹭的，也想凑过来分两嘴花瓣尝尝，一看大黑狗龇牙咧嘴的模样，只得悻悻地走开了。

小鬏鹿的肚子鼓鼓的，它吃饱了。这两天，它蜷在柴窝里，对这位毛髽髽的大黑狗也熟悉了。有两次，黑闪故意用柔韧的嘴唇碰碰它，小鬏鹿也不怎么介意。

它们顺着溪水散步。小鬏鹿走在溪岸上，黑闪踢蹦着水花走在溪水里。水波上的刺桐花瓣打着旋，没有一瓣沉落。小鬏鹿很羡慕这样的游戏，可惜它不敢下水，它连沾在草叶上的露珠都害怕。不过，它也有自家的一套玩法，它把碰到脚趾尖上的花瓣尽数往溪水里划拉下去。在它的感觉中，那是送到大黑狗身边的花船……

"罕！罕！"这是什么声音呀？哦，原来是波依相老人吹响了口笛，他在模仿小鬏鹿妈妈的呼唤，叫声脆亮，尾音颤悠悠的，像在微风中怎么也落不下来的飞絮。小鬏鹿站住了，黑闪回头收住脚步。在它们身边只有流水搓揉水草和沙粒的声音。

"罕！罕！"口笛声呼唤得更加急切，黑闪就像看到了守林人命令的手势，它往上一蹦，跳到了溪岸上。小鬏鹿也乖乖地跟着它，调过头来，迈着碎步向小木屋跑去。

柴烟似的暮色罩了下来。山鸡站到篱墙原木柱上，伸出的尖喙似乎正等着去啄树梢上沾着的星星。

吃过晚饭，波依相老人坐在廊柱脚下乘凉。黑闪趴在他的身边。老人粗硬的巴掌一下下捋着狗的脊背。黑闪惬意极了，深黑的皮毛在暮色中闪出蓝光。

忽然，院墙外边，响起了这样的声音："罕！罕！"

小鼷鹿趴在柴窝草堆里，黄昏的星光在它的眼眸上渐渐模糊时，它听到了院墙外的呼唤。小鼷鹿一下惊坐起来，不管不顾地蹦出柴窝，向篱栅门跑去。栅门关上了，小鼷鹿用头去撞，撞不开，它又退后几步，似乎飞跑着就能破门飞出。

波依相老人慌了，赶忙过去帮它拉开门闩。

小鼷鹿飞身扑进暮色之中。在它前边的灰乎乎的竹林里，叫声还没有停歇："罕！罕！"在静谧的暗夜里，这声音让人听了坐不住，仿佛声音的主人把什么最珍贵的东西丢失在森林里了。

黑闪不知道发生了什么事情。它只觉得睡在热草窝里的客人太好动了，一惊一乍的，怎么又跑出院子去了。它起身想去追，被守林人喝住了。

"憨包，你管什么闲事？人家的妈妈找来了还不回去？"守林人拍着它毛茸茸的大脑袋说道。

喜欢的小木屋消失了

自然保护所决定修一条简易公路通向刺桐坪。

从此,从小镇那边,从囤积着绵绵白云的大山洼里,不断传来开山炸石的闷雷声。一条穿过森林的大路,绿孔雀似的正拍着翅膀向小木屋飞来。

大树疙瘩分开了,跟老象身子一般大的岩石搬家了。陡崖上有了平整的路。

简易公路通到了用紫梗木编的篱栅门前,拐了个弯,又向远山森林延伸过去。它像葫芦架上的藤子,把林区的自然保护站一个接一个地串在一起。

在这些日子里,黑闪又惊又喜,它见到了好多新鲜事啊!

这天,大路上传来了"突突突"的响声。黑闪兴奋异常,它最爱凑热闹,慌慌张张跑出院子。啊,那是什么呀,在盘山大路上跑得贼快!它是机器狗吗?一边跑一边放臭屁,还一边大吼大叫。

这家伙真是放肆,黑闪"嗷嗷嗷"地怒声嘶吠。要知道,在这片山林里,树呀、草呀、花呀,从来都是安分的,就连从岩石上泻下的山溪,也只敢踮起脚走路。黑闪气愤地龇出大嘴里的每一颗尖牙,扯着喉咙和机器狗对叫。

这是一辆三轮摩托车,见到小木屋,它不吼不叫,在门口停下了。怎么,这东西也敢觊觎我们的家?黑闪跳前跳后,吠声里表现出强烈的愤恨。

带拖斗的座位上,一个穿短袖衬衣的胖子,取下头盔站了起来——红脸颊,样子敦实,亮亮的衬衣上不见半点儿褶皱。他望着这只少见多怪的大黑狗,嘲笑地说:"你呀,'狗咬摩托车,不懂科学'!"

黑闪明显感到了对方的蔑视,正想扑进车斗撕咬呢,木栅墙里边,守林人叫了声:"闪!"

声调里流露出责备。它斜过眼睛看看……都怪自己不好,瞎激动,波依相老人是这样喜欢新来的客人,他张开双臂迎了出来,让太阳晒煳了的眼睫毛,闪烁着笑的光辉。守林人爽声叫了起来:"王所长,是你呀,想死我了!"

"我也想你……"

"你想我是一句话,我想你可是一颗心啊!"

王所长是自然保护区的负责人,守林人的老朋友。波依相抓住他的双手就往小木屋拽,驾驶摩托车的小伙子用胳肢窝夹着头盔,一边脱手套一边瞅着波依相热情的样子微笑。

黑闪也觉得自己刚才太过分了,收紧了尖竹筒似的耳朵,尾巴尖一甩一甩的,好像在表示歉意:"真不好意思,失礼了!"

它没有跟着客人进屋,而是趴在那只浑身都是光彩的机器狗旁边。黑闪的嘴筒子搁在前爪上,定定地打量着对方。它很高兴。它和这只机器狗趴在一起,彼此竟能和平共处,它们谁也不去咬谁。

小木屋敞开的门洞里飘出了茶叶的煳香味。煨在火塘边的烤茶罐嗞嗞冒着气。客人在大声说笑,他的笑声里带着钢音。他喝茶的样子让黑闪联想到渴极了的野驴站在溪边饮水的情景。客人一定是说了什么好话，小木屋的主人才呵呵憨笑。紧跟着，菜刀砧板上的"笃笃"声转移到铁锅里去了，油烟浓得呛人！矮木桌上的蓝花土碗波噜波噜响了，那是守林老人每次只舍得呷上一口的水酒。

　　黑闪知道，这些人喝的是辣水，一种会流动的火。这些人啊，高兴起来偏要让自己的嘴巴受罪，真是想不通。黑闪鄙夷地调过头来，望着蓝雾雾的远山森林。

　　落日拉长了小木屋的影子。两位客人在火塘边说的话，要是都能变成树叶，一定能堆满整座小木屋。就在晚霞把雀鸟送回山林的时分，波依相也把客人从门洞里送了出来。王所长多喝了两碗，他的脸庞也像衔在山垭口的太阳，红彤彤的。守林人送他到车斗前，他不坐下，固执地吩咐道："老倌子，我说的话就像栽在地上的岩石，稳稳地，不会动了。"

　　老人的神情并不愉快，他回头望着落在霞光里的小木屋，痛惜和惆怅使得他有好一阵子不肯挪开目光。

　　王所长注视着老人，等待他的回答。

　　"我，我舍不得啊！"波依相声音沉沉地说。

　　"有什么舍不得的？"王所长一屁股在车斗里坐了下去，他挥挥手，决断地说："定了。你收拾收拾，我明天就派施工队上来。"

　　"不能再拖几天吗……"

　　说话时，他眼角的皱纹间的阳光也暗淡了，守林人舍不得他的小木屋。王所长心软了，叹息地说："老倌子啊，你在山林里辛苦大半辈子，我们给你的关照太少了，还要拖到哪天呢？"

守林人眼里泪光点点，半句话也说不出来。

摩托车攒足了劲，"呜"地调头蹿了出去，一眨眼的工夫就在山的拐角处消失了。

小木屋里的灯光，在窗前亮了一夜。接近黎明时分，灯熄了，小木屋的主人还没休息。他把零七碎八的家什全都拾掇进大木箱里，只把那杆有三道铜箍的铜炮枪和一条擀毡披风留在外边。黑闪知道，等东风一动，又要出远门了。

曙色下满是青草尖上的露珠。波依相带着他的狗踏上了巡林的山路。黑闪一路走一路回头张望：咦，院墙门栅是敞开的，小木屋也不上锁。这是怎么回事呀？

黑闪跟着守林人，走熟了林间山道。它在每条岔路口，都能分辨出主人的脚印，它在每棵大树下，都会感觉到守林人衣襟的抚摩。这次出来，他们走了好多地方。傍晚，在瑶寨投宿；清晨，在哈尼族山寨的大榕树下，和放牛人谈心，劝告他们不要进入自然保护区放牧。蝉鸣蝉消，雾聚雾散。又有多少日子过去了？太阳在大地上又画了多少个半圆？这一切，只有路边的竹笋知道。竹笋是大森林的日历。黑闪跟着主人出来巡林那天，红犄角似的笋尖刚刚从黑土地拱了出来，等他们往回走的时候，尖锥形的笋子长得有象牙那么粗了。日晒雨淋，竹笋蜕了三次壳。

又是黄昏，波依相回来了。他带着黑闪刚刚转过山洼路口，突然发现：小木屋不见了，原木院墙不见了，代替它的是一幢竹楼式红砖房。迎向西天的玻璃窗镶有火亮的晚霞。

守林人"啊喂"一声惊呼,激动得气也出不匀了。

黑闪注视着主人。波依相老人站在松软的山地上,一动不动。他的裤管绾得高高的,紫铜色的腿肚上隆起的青筋,像大榕树盘虬的根茎。在山地上站立久了,这些"根茎"要是延伸到地里去,老人会不会长成一棵大树呢?

守林人铁扇面似的胸脯,急剧起伏。是什么事情惹了他?哦,就是眼前这幢代替了小木屋的玩意儿,黑闪冲着它昂头吠叫。真的,这也算房子呀。黑闪仰起鼻子闻闻:一大股岩石的气味,一大股闷窑里火焰烘烤过的气味。

这玩意儿看上去就像架高了的山洞。嘿,还不如山洞呢。山洞里有青苔,有鸟蛋,扑扑棱棱的岩壁上,有野鹿蹭痒痒留下的毛丝,好看极了。那才过瘾呢!

黑闪闷闷不乐的。守林人却兴高采烈,大声地呵斥它,叫它跟自己一道往楼上走。黑闪心里有着说不出的别扭:这也是"路"呀,斜斜的,陡陡的,一蹬一蹬地一直在碰膝盖。

他们来到了门口。"吱——呀",门推开了。波依相老人就着屋子外边的夕晖,看清了桌、床、凳,还有他的木板箱。啊,紧傍着楼房的中柱,镶出了四四方方的火塘。老人拧着烟袋杆,连声叹息。

黑闪也跟着进到屋里。它一眼瞅见站在火塘上的三脚架,见到了这个让火烟熏得晶黑的铁东西,似乎只有它还保留着小木屋的味道,黑闪走过去嗅了嗅。

西墙上嵌着一道一道亮光,守林人盯着一动不动。他发现什么有趣的东西了?黑闪凑过去,蹲坐在守林人身边。它

139

仰起脑袋朝外边打量。啊,那是山溪边的刺桐花树呀,它看见树梢上的红花了,敞开的花蕊朝向蓝天,似乎是等待着黑夜来临时让星光在里边播种。

黑闪想起了常到花树下舔食花瓣的小麂鹿。在山林里的日子,太阳掰一块,月亮掰一块,又有好些个时日没见到这位小朋友了。它会害怕红砖房吗?它还会来溪边散步吗?

大黑狗一按前爪,纵身想从这方方的亮光里跳出去。谁知"当"的一声,它的脑袋竟在"亮光"上撞出了响声,摔在楼板上。

守林人哈哈大笑,用烟杆点着它的鼻子,说:"憨包,玻璃也被你撞疼了!"

黑闪晕晕乎乎地站起来,重新在守林人脚边趴下了。它在心里又一次告诫自己:新换的地方总是靠不住,弄不好就会倒霉。

波依相点燃了火塘,接着铺开了行李。晚霞熄灭了,星光在夜空中升了上去。

吃过饭,老人带着他的狗,坐在宽宽的走廊上乘凉。黑闪怏怏地趴在守林人身边,它的嘴搁在前爪上。它怀念小木屋,小木屋总带着野蘑菇的清甜嫩香。有好多个清晨,波依相醒来了,他弯下腰去就会发现竹笆床底下冒出来的香蕈,一簇簇的,正等候他来采摘。还是在那座小木屋里,黑闪用不着跑出门去,它趴在火塘边,也能从木柱墙亮亮花花的缝隙里,看见花斑鹿、大黄猴跑过的身影。哪像这座闷洞呀,只有一方会碰疼脑袋的光亮。

波依相的烟斗里,就像飞进了好多萤火虫,一明一灭。他的巴掌搁在黑闪的脖颈上,搓捻着大黑狗粗硬的鬣毛。老人一定是又想起了王所长那天和他的谈话,沉沉地说:"闪啊!王所长说,我这个孤家老人在山林里辛苦了一辈子,要送我去省城疗养呢。还说,镇上雇了一名临时工和我做伴。这个人的名字叫什么呢……记性差了,只听说他的绰号叫什么'疤脸',在街子上卖过汤锅……"

波依相不说话了,含着烟管的嘴哑得叭叭响。黑闪也不吭声。夜色里藏着几声虫鸣,像忧伤的琴弦在颤悠。

守林老人走了

它后悔得直想去咬自己的脚爪:它把波依相弄丢了。

大清早起来,波依相老人带着它去楼下。黑闪以为又要去巡林,领头就往山场上跑,一路踢蹦着草地上的串串露珠。

"闪!"正在兴头上呢,波依相喊它了。

这是怎么回事呀?老人脚步迟缓地走了过来,蹲在它的面前。波依相粘满树脂的粗糙手掌,捧起了黑闪毛茸茸的脑袋。它不习惯这样的亲昵,犟着身子想要挣脱,却被波依相逮住了。

老人给它端来了用棕树干挖成的食槽,那是它的木碗。里边盛着拌了猪油的白米饭。今天是什么日子呀,它吃得这样阔气,鼻尖也舔亮了。只是它多少有些别扭,一直在转身摇尾,它总是能看到波依相眼角湿润地注视着自己。

老人拍着它的脑袋，絮絮叨叨地说了好多话，可它一句也听不懂，有几个词语还逗得它的耳朵竖得像竹筒那么直，听起来莫名其妙。老人说的"省城"啦，"疗养院"啦，那是什么呢？是在形容山风撞响岩石的声音吗？

它吃饱了，波依相又往它的木碗里舀了溜尖的白米饭，用瓦片盖好了，安置在楼柱脚下。黑闪知道，这是它的晚饭。只是它弄不清楚，干吗现在就要准备呢？通常，它是在偏西的太阳给白昼画出一个红红的句号时才享用这餐饭的。

顾不得细想，它有自己操心的事情。吃饱喝足，黑闪一头扑进了林子。它有好些日子没有见到小麂鹿了。

黑闪在溪边的青苔地上，发现了小麂鹿零零星星的脚印，一串一串，像花瓣似的嵌在红土路上。它顺着小鹿的踪迹找到山场，又找到一棵刺桐树。在这里，小鹿的足迹像被潮湿的山基土吸收了，留下的不过是几瓣残花。

它在山场丛林里转悠了大半天，又遇见了那条在密林里闪来闪去的溪水。黑闪一站在溪水里，流水就变红了——它的四条腿上尽是红泥巴。

它心里有些不踏实：怎么没听见波依相老人的呼唤呢？要是在往日，他早就站在楼梯上喊它了："闪……"那声调，就像人们互相称呼"老哥""老弟"一样亲切。黑闪每次听到这声呼叫，准会扬起头来顺着山风答话："汪！汪汪……"意思是说，"我在这儿！"

今天是怎么了，波依相任凭太阳在蓝天倾斜，红房子那边怎么还是静悄悄的？

黑闪心里一阵惊悸，就像有火焰燎着尾巴似的，它四脚腾空往回飞奔。看见红房子的檐角门，看见楼柱了！它焦急地大声喊叫："汪！汪汪！"

它的吠声没有把波依相喊下楼梯来。它冲到楼上。门是虚掩着的，它轻轻松松用嘴巴拱开了。墙壁上那杆镶有三道铜箍的猎枪还在，那件擀毡披风挂在猎枪旁边，它们也在等待着波依相老人。他一定没有走远，不一会儿就会回来的！

黑闪回头瞅见了守林人的床铺，行李卷起了，剩下的是一排谁都可以躺上去的木板。

它气馁地来到楼下。东嗅嗅，西闻闻，它的鼻子总算逮住了守林人飘浮在湿地上的气味，让它亲近得直哼哼的气味。黑闪紧张万分，它小心翼翼地追踪着，来到了那条咬着自家的尾巴打转也不会撞到岩石的土路上。

波依相老人身上特有的火烟味、汗气和树脂的蜜香气息，一碰到简易公路上两道清晰的车轮花纹就消失了。

机器狗把波依相驮走了！它愤愤地想，在心里直恨自己没有尽到责任，糊里糊涂把波依相弄丢了。

盯着暮烟沉沉的山谷。黑闪拿定了主意：追到天边地角也要找到他！

白昼和黑夜是怎样交替的？起初，黑闪只是觉得大路上的胶轮花纹有些模糊，还没跑过几个山弯，哎呀，不知不觉就被夜色蒙住了眼睛。

不过，黑闪追得更紧了。

它的后脚一瘸一拐的。尽管大路宽敞，但是路上的尖石子会咬脚呢，厚厚的脚垫磨破了，痛得它不时提起一条腿来，用三只脚在路上纵跳。

阴黑的大石崖收留了它，让它靠坐在山脚下喘息。黑闪低下头舔舔脚掌，算是给自己敷了药。就在这时，大路拐弯的地方，闪出了一轮太阳，亮得刺眼，迸溢四射的光芒，让黑闪觉得自家的眼睛此刻竟成了多余的东西。

啊，迎面疾驶而来的是机器狗，旋风似的从黑闪的身边一掠而过。

"汪汪汪……"黑闪跳了起来，大声吠叫，意思是说，"停下来！停下来！"

机器狗睬也不睬。这家伙，在和流星比赛呢！不过，黑闪还是觉得满意。溢满眼眶的泪水是它的欣慰和感激。机器狗叼走了波依相，天一黑，就会赶着送回来。老人一定是坐在凹斗里，他眼神不好，要不然准会热辣辣地叫一声："闪！"

黑闪顺着盘山大路，颠颠地往回走，尾巴尖一甩一甩的。它望见了红砖房楼窗口射出的灯光，顿时忘记了疼痛，攒拢脚爪往前飞纵出去，越过刺丛、水涧，飞身来到楼下。

机器狗歇在楼梯口，浑身披满了夜露。黑闪对这个家伙再也不感兴趣了，径自跳上楼梯，"汪汪"两声，似乎在对楼上的人报告说："我回来啦！"

它的这种心情，爬了两三级楼梯就消失了。黑闪仰头看见一样东西，蛇似的盘挂在楼道上。这是一条用生牛皮鞣制的绳子，多眼熟啊，一瞄见它，黑闪就会想起自己的脚爪被捆在自行车后架上的情景。它凑近了，翘起鼻子闻闻……眼前的皮条一晃眼似乎变成了栗木棒，兜头朝它砸来……黑闪瑟缩后退，脚爪踩空了，翻着跟斗从楼梯上栽了下来。

它摔得晕乎乎的，挣扎着想撑起身子，暗黑的楼柱背后传来"嗷——"的一声恶叫，扑出两条大狗：打头阵的身子细长，脚爪还没落地就龇出了尖牙，非要咬个对穿似的。黑闪蒙了，吓得就地一滚，脊背上挨了一口。

它挣起身来，屁股抵紧了楼梯脚，气愤地放开喉咙对骂："这地方本来就是我的，该滚的是你们！"

黑闪犯了战略性错误：它只顾防备左右两侧的对手。右前方那个叫声低沉、神情也阴沉的家伙，还想用肩胛骨撞翻黑闪，黑闪前爪轻轻一伏，躲过了。谁知就在这时，从它身后，在它没有提防的位置，呼地杵下来一杆木杈，精准地叉住黑闪的脖颈，把它死死按在地上。

"黄黄，花花，上！"攥木杈的人站在楼梯上大声发出号令，粗嘎的嗓子喷着酒气。这声调多耳熟啊！黑闪的眼珠幸好还能转动，就着楼门口射出的灯光，它认出了那张用微笑捕获它的疤脸，苞谷酒把他长脸上的亮疤烧得更红了……黑闪痛楚地眯起眼睛，肩上、腿上、肚皮上，锋利如刀的狗牙在恣意撕咬。大黑狗发出了求饶的呻吟。

"冯疤，你怎么帮着自家的狗打架？"楼梯口处走下来手拿头盔的年轻人，是他用摩托车送冯疤来的。小伙子细长的眼里闪着嘲笑的光，他轰开扑在黑闪身上撕咬的恶狗，不满地盯着冯疤说，"你小子发酒疯！糟蹋了这只狗，波依相回来非找你拼命！"

"路上你说老倌子退休了……"

"退休也不会退出山林。"

年轻人说着骑到摩托车上。他戴上头盔拧动把手，雪亮的灯光一下罩住了前边的黄黄和花花。它俩刹那间就像被灯光施了魔法，定在楼脚下一动不动。

"我说的事情你记住了没有？"

发动机在吼，摩托车手也在吼。哪怕是隔着一层面罩，又是在暗夜里，冯疤也注意到了对方质问的目光。他连连点头，说："不就是打一只'玉介番'吗，我包了！"

摩托车的嘟嘟声一下扭低了，年轻人掀起头盔望着冯疤说："打，打烂了身子有屁用？我要你下扣子，想方设法套活的！"

"活、活的？"

"我给你讲了一路还不懂？王所长的亲戚在省城教书，去年派人来守了一个雨季也没逮着小鼷鹿的影子。所长说，逮一只活的送给大学生物系做标本。"

冯疤似懂非懂地戳了戳下巴。摩托车似乎也等得不耐烦了，怪吼一声，黑魆魆的山道上，划过一道流星似的光。

和同伴击退大野猪

这天晚上，黑闪趴在草丛里，一口接一口地舔着身上的血迹。下半夜，它记起了波依相盛的白米饭，艰难地拖着伤腿爬了过去。但棕树槽早就空了,槽底积起的露水,泡着几粒星星。

它趴在陡崖上,不吃不喝,整天对着大路的尽头张望。望酸了眼睛,那边有什么呢?

雨天,闪电在远山和云彩打架。一朵瘦黑的云,模样像波依相老人伫立在天空,守望着云的森林。

晴天,大路上涌动着糯米粉似的绒雾,静悄悄的。黑闪竖直了耳朵,听得见雾气在山箐坡上移动的声音。"闪!"这声亲切的呼唤,却听不到了。

"噢——啧啧!噢——啧啧!"

山风是大森林的邮递员。它把红砖房那边的动静,灌进了黑闪的耳朵。这是那个挥动木杈按住它脖颈的人对黑闪发出的陌生的邀请。它心里想:我的名字叫黑闪,我不是"噢——啧啧",再说,我害怕你那隐藏在微笑里的陷阱。

它一动不动,似乎更喜欢倾听风的絮语。

这是第几天了?它犟不赢饥饿,但仍然惦记着红砖房里发生的事情。它从崖壁上蹿了下来。

不等它踏上那条山藤似的红土路,森林的帷幕背后传来了"嗵嗵嗵"的脚步声。那是谁呀?

它的目光从颤动的马鞭草草尖上瞅了出去……

斜斜窄窄的山路上,新来的疤脸汉子扛着一张亮亮的大网走来了。这家伙箍了件比他的身量小一号的花格旧西服,裸露的胸膛被太阳晒得通红。他一边走一边回头呵斥他的狗。它们就像不想被主人独占什么好处似的,一路紧跟着。

快到林子边上时，疤脸汉子急了，跺脚怒吼："瘟剩的！再不回去，老子宰了你！"

黄黄和花花怏怏地对望了一眼，畏缩地夹起尾巴不动了。

黑闪更不敢动。它赶忙埋下脑袋，肚皮贴紧泥地。山风掀起的草浪，一下盖过了它的脊背，把它藏得严严实实的。"嗵嗵嗵""沙沙沙"，新来的守林人从他的身边经过。他走在苔藓地上，走在落叶路上，踏响了哗哗的山溪……渐渐地，他的脚步声消失了。

黑闪惧怕疤脸人，却不害怕山下来的两个同类。多少天了，它等的就是这个机会。

它忘了饥饿，忘了伤痛，它渴望用尖牙利爪去证实自己的力量。它要让对方记住：波依相老人的撵山狗，绝不是好欺负的。

黑闪跳出草丛，站上坡头，冲着黄黄和花花发出挑战，"汪！汪汪！"这一声满含怒气的吠叫，犹如喝住对方，"喂，站住！"

黄黄和花花吃惊地调回头来。黑闪轻蔑地抬起后腿，当着它们的面，痛痛快快撒了泡尿。它要让对手在这股骚臭味里慑服——黑闪永远不会被它们打败。

黄黄憋不住了。这只狗身量细长，灵活，黄褐色的皮毛上闪着油亮的光。它龇出大嘴里的每一颗尖牙，飞速向黑闪冲来。它采用的是撞击战术，做出撕咬黑闪脖颈的样子，贴近了，却忽然改变了方向，猛地在黑闪的肩胛撞了一下。

黑闪像大榕树生出的板根，纹丝不动。黄黄却汪汪苦叫，四脚朝天摔在地上。

黑闪往回一瞭，瞅见了名叫花花的胖狗。花花目光阴沉，吼声也低沉，它不咬，不叫，嘴杵在地上，一步步向黑闪逼近。

黑闪隐隐感到不安：这才是难对付的角色。黑闪脖颈上的长毛，钢针似的怒耸。它谨慎地倒换脚爪，盯死对方，慢慢地兜着圈子。它一边绕一边注意调整着身子的角度：暴露在对方牙口部位的肢体要尽量缩小，出击的瞬间必须无懈可击。

两只狗四目相对，牙口相向，它们正要决一死战呢。刚才让黑闪碰了几个跟斗的黄黄，突然厉声吠叫，叫声比睡梦中出现魔鬼还要可怕："汪——"

原来，一只凶猛的独牙野猪撞开大竹、绊断老藤，呼啸着扑向黄黄。黄黄在前边疯跑，它一边跑一边叫。

黑闪和它的对手紧张地对望了一眼。这一眼使它俩记起了共同的危险，两只狗和解了。它们就像事先商量过似的，调回头去冲着野猪大声挑衅，凶狠的叫声吓得箐鸡满林子乱钻。

独牙野猪不理睬它俩，它的眼里只有黄黄。野猪的四只蹄子鼓槌似的擂响了山地。黄黄吓得晕头转向，它忘了拐弯，直通通地跑到壁陡的土坎脚下来了。野猪猛追过来，恨不得一嘴就把这个汪汪乱叫的家伙撕成碎片。

花花一眼看出了伙伴的处境。它悄无声息地抄近道从刺棵丛里钻了出去，不哼不叫，影子似的贴在地上挪动，野猪只顾盯着前边的目标，却忽视了后方，它的尾椎骨冷不防挨了一口，火辣辣的，痛得它跳得老高，怪声噪叫。

在它的獠牙前边，是一只胖胖的花狗。这小子谦卑地收起耳朵，做出害怕的样子，贼眼睛却直瞅着野猪的脖颈。野猪气极了，一刨前蹄，泥地上霎时陷下石臼大小的一个坑。谁知眼前的胖狗并不逃跑，而是身影不停地在野猪的獠牙戳不到的地方晃动。

花花挑选的是最危险的位置。它在竭力吸引野猪注意，好让黑闪从侧翼扑咬敌人的肋骨。黑闪心领神会，不过，它没有这么做，它有自己的套路。

黑闪转到岩石背后，眼看野猪的身躯到了前边。它缩脖按爪，嗖地纵到了野猪的脊背上。野猪只觉眼角闪过黑影，刹那间，"黑影"又沉甸甸趴背上。那是什么呀？是猴子吗？是老熊吗？怎么把野猪当成一匹马来骑了？野猪愤怒地左摇右摆，想把背上的家伙颠下来。谁知"骑手"站得稳稳的，竟然一伸脖子，张口咬住了野猪右边的大耳朵。野猪顿时体会到敌手牙齿的锋利。

黑闪的脚趾犹如鹰喙那么坚利。它牢牢地扣紧了野猪的脊背，野猪的大脑袋再也低不下去了，它的耳朵完全被黑闪叼住。这情景，真像是给野猪套上了笼头缰绳。它不敢犟了，而是可怜巴巴地哀叫着，驮着脊背上的"骑手"，调头跑回黑森林。

黑闪摇摇晃晃回来了。它浑身疲软，走走停停。此刻，不要说野猪，就是跳出一只野兔也能把它撞倒。

黑闪抬眼看见了黄黄和花花。它俩站在红泥小路上，呆呆地注视着黑森林。黄黄眼睛尖，一眼瞄见了黑闪，讨好地跑来迎接，围着黑闪嗅了个够。

花花站在隆起的坡路上，矜持地打量着这位"骑手"。

救出小麂鹿

黑闪用自己的眼睛和感觉苦苦寻找。它走遍了山角崖尾，问大树，问每条叶脉似的小路。

"波依相老人啊，你在哪里？"对它来说，思念的折磨比饥饿还要厉害。

它惧怕黄昏。太阳下山了，留下的是寂寞。栖息在竹叶上的蝉，把它对守林人的思念唱成了一首忧伤的歌。

这些日子，疤脸汉子总是早出晚归，他每次出去肩上都有一张丝网。他的狗跟到林边，每次都被他轰回来。这个人神神秘秘的，他想逮什么呢？

傍晚，下了场雨。雨停住了，大森林蒸腾着鸽灰色的浓雾。疤脸汉子踏着雾气走来了。他的衣裳刮破了，裤脚卷得高高的，膝盖擦破了一大块。不过，他的神色是那么得意，眼睛放光，眉毛放光，就连鼻梁也像是新换上的，好亮。

他捉到了小麂鹿。

他的手里提着一只圆筒形的青竹篓，里边关着他的俘虏。竹编的盖子是门，串接盖子的篾线，是这座绿色监狱的锁。

疤脸汉子走进了红砖房。他的狗怕被他踹,只敢站在远处摇尾巴。不过,今天可是例外,他吆喝黄黄和花花的声调里满是喜气,打心窝里发出了笑声。

黄黄和花花就像得了大奖似的,乐颠颠地迎了上去,尾巴甩成了两朵花。黑闪站在刺桐树下,它不知道发生了什么事情,尾随在后边凑热闹。

楼梯上印满红泥巴脚印。新来的守林人整天的辛苦,全堆在这些脚印上了。

楼道上有一只竹篓,黑闪远远地就闻到了新竹的馨香。不对,还有几丝黑闪十分熟悉、十分亲切的气味。它一阵哆嗦,紧张得浑身上下没有一根毛丝能站得稳了。

透过竹篓的缝隙,它看见了小麂鹿棕红发亮的眼睛,感觉到了小麂鹿可怜巴巴的注视;隔着一层薄薄的竹篾,它的鼻息甚至能触到小麂鹿嘴唇的潮润。小麂鹿的嘴唇上有一股淡淡的蘑菇味,它一定是在树底下低头啜食野蘑时,被人捉住的。

黑闪想都不去想,便抬起前爪按住竹篓,张口就去撕咬盖口边的篾线。就在这时,它的眼角闪过了一道白亮亮的刀光。

黑闪退开了。

疤脸汉子攥着他的秃头长刀,从弯钩上割下两片巴掌大小的肥腊肉,甩手扔给他的狗:"来,见者有份!"

他回到桌边,一屁股坐在白木方凳上。他拧开塑料酒桶的盖子,咕嘟咕嘟倒了一满碗酒,就着一串象牙色的大芭蕉吃开了。

喝第一碗酒的时候,他似乎看到了摩托车从山道上驶来,车手接过了青竹篓里的猎物,满眼是敬佩的神情,还在他的肩膀上捣了一拳,说:"行,冯疤说话算话!"

喝第二碗酒的时候,他想象着这样的画面:小麂鹿被装在竹篓里送上了摩托车。车屁股喷出的青烟从红砖房连接到小镇上,胖所长走出办公室,拇指竖得比额头还高,夸自己能干!

喝第三碗酒的时候,他看到了自己:一位形象威严的"山神爷",左胸口别着一枚林管所的徽章,站在家门口,源源不断地接受别人上贡的礼品……

他伸手去拿塑料酒桶,这才发现手掌心被青竹篾划出的伤痕。冯疤不禁打了个冷噤:他把装小麂鹿的篾篓子放在走廊上了,应该提进屋来。

他踉踉跄跄走到门口,不等他抬脚跨出门槛,冯疤伸头看见一件怪事:篾篓子长腿了,自己滚到了楼梯口。嘿,是黑狗干的。这家伙闷声不响地叼起篾篓子往楼下拖,听见脚步声它也不逃。瞧,它还在拼命撕咬拴盖子的篾线呢,嘴皮子让篾刺戳出血来它也不松口。简直是条疯狗,你想干什么呀!

冯疤气得眼里喷火星,他取过铜炮枪,心里恨恨地说:"老子崩了你!"

他咬牙拽起铜炮枪的"老鸹嘴",刚刚扬起枪口……冯疤的眼睛像他手里的枪管一样,直了。

小鼷鹿走出了竹篓，它在暮色中亮出了浑身棕黄的皮毛，它扭动着脖颈，大眼睛四处打量，似乎要把楼道、墙壁都记在心里。

冯疤的手指一直在颤抖，他不敢扣动扳机。他的食指只要轻轻一扣，筑在枪管里的火药"轰隆"一声喷出去，准把这只小畜生打烂了钉在墙上，像一张画似的。

黑闪站在小鼷鹿的身后，冷冷地盯着疤脸汉子，它发现这个人的三只眼睛——铁的圆眼和两只火炭一样灼红的肉眼，满是杀机。天真的小鼷鹿还在扭动脖子看新鲜呢，黑闪扫了它一尾巴，纵身就往楼下跑。小鼷鹿惊觉了，马上追着奔下楼去。

冯疤想起了他的狗，回头招呼说："黄黄，花花，上！"

两只狗打着干噎来到门口，它们一眼瞅见了逃向山场上的小鼷鹿。这正是建功立业的好时机呀，黄黄和花花长吠一声，飞身扑出楼门。

冯疤相信他的两只狗能打败那只疯狗，他也相信黄黄的奔跑速度追得上那个小东西。瞧，黄黄跑得像打闪一样快，一眨眼就转到山场上去了。

他提起铜炮枪赶到楼下，打着酒嗝撵到了山场上。冯疤揉了三次眼睛，愣住了：远处的林子边上，黑闪回身堵在山垭口，他的两只狗挨近了，竟然谦虚地耷拉着耳朵，在黑闪面前摇起尾巴兜圈子，再也不敢越过眼前的"封锁线"。

冯疤眼里迸出的火星，终于点燃了枪膛里的火药，他端起枪来对准这群叛逆者，猛扣扳机，铜炮枪轰响了。从枪管里喷出的薄烟，罩住了新来的守林人。他的面目模糊了。

枪声又把黑闪送回了大森林。每天风餐露宿，它又成了流浪儿。

溪边，有它的足迹。滩头，有它的身影。岩洞，则是它伴着星光在梦境里和波依相老人见面的地方。

有一天，它踩着风化了的羊肝石，登上了那座陡峭的山崖。刺破云彩的崖尖把它的流浪生涯截住了。它端坐在崖顶上。变幻的云雾、苍黑的森林、曲折的简易公路，统统在山崖脚下。它在等待，它相信波依相老人总有一天会从这条神秘的大路上归来。

期待是幸福的，是它生命的源泉，它再也没有饥饿的感觉。

云起云落，雾聚雾散，它把自己热诚的盼望化成了岩石。它一动不动，像一尊精致的岩雕。

太阳，从它的额头升起，又从它的尾巴尖上沉落……

小狗布扬

[俄罗斯] 波·里亚宾宁

布扬来了

那是春末时节的事。

妈妈从外面回来,对韦嘉说:"邻居家的大母狗生下小狗才两天多,就死了。"

韦嘉立即跑到邻居家去看,只见七只没睁开眼睛的小狗,在屋子的一个角落里吱吱叫着,边叫边蠕蠕地爬动。看得出来,它们是饿慌了。

女主人端来一盘热过的牛奶放在七只可怜的小狗旁边。可它们还不会舔盘子呢。女主人只得找出过去喂孩子的旧奶嘴,给小狗喂奶。然而它们的嘴太小,奶嘴用不上。

韦嘉看着这七个孤儿凄惨的样子,心里又难过又着急,但是又什么办法也没有。

第二天一早,韦嘉再跑到邻居家去看小狗的时候,小狗只剩一只了——这是最大的一只,它的生命力也最顽强。

韦嘉可怜这孤儿,就在它身边傻傻地坐着,一连坐了好几个钟头。最后,主人终于把这只唯一存活下来的小狗送给了韦嘉。韦嘉就把它装进暖手筒里,小跑着,一口气把它抱回了家。

家里有只叫穆尔卡的母猫，它产下的崽都让人给淹死了，正伤心呢，整天喵喵叫着寻找它的孩子，弄得四邻不安。韦嘉灵机一动，立即想出了个主意：把狗崽塞到母猫肚皮底下，看母猫会不会把它当成自己的幼崽。于是家人从母猫的奶头挤出些乳汁来，涂抹在狗崽身上，然后把它放进猫窝里。

母猫回来了，在狗崽身上嗅了一阵，狗崽感觉到母猫身上的温热，便慢慢地爬到母猫的肚皮底下，开始摸索着寻找奶头。穆尔卡疑惑地躺下来，狗崽触到了母猫的乳头，就吮吸起来。一直吸，一直吸，把饥饿的肚子吃得鼓鼓胀胀的，像个气球。

"这下好了，你的狗孤儿活得成了！"韦嘉的爸爸轻轻拍了拍儿子的脑袋。

大约两个星期过去，狗崽的眼睛睁开了。

从这天起，韦嘉就看着小狗日长夜大，原先丑陋的小东西，如今长成一条漂亮的小狗了。它那笨拙而短小的嘴一日日地拉长，紧贴在脑后的小耳朵支棱起来。虽说这耳朵还不像它母亲那样是三角形的东欧狼犬的耳朵，但是小尾巴也能看出点儿规模了，毛色渐渐地由黑褪成了灰——就是狼犬的那种灰黑。

狗毕竟比猫大得多，所以吃着吃着，这奶量就不够灌饱小狗的肚子了。就在这时，小狗开始长牙了。这下穆尔卡可就遭罪了，小狗动辄用它的利牙咬养母的乳头，撕着乳头要奶吃。有时小狗紧紧咬着穆尔卡的乳头不放，母猫疼得"喵喵,喵喵"地惨叫不止。

韦嘉看不过去,就开始用奶嘴喂小狗。现在,小狗吃奶嘴没问题了,它很快习惯了从奶嘴里吮吸牛奶。它用前爪抓住瓶颈,咕咚咕咚吮吸瓶子里的牛奶,直到一滴不剩了才松开。再接着,小狗就学会了在盘子里舔牛奶了,还会自己吃麦片粥,再接着就能吃胡萝卜、面包之类的东西了。

小狗长牙的时候,见什么就咬什么。有时拖鞋子去咬,咬咬鞋子倒也罢了,还拽桌布,把杯盘碗盏统统都从桌子上拉下来,稀里哗啦摔了一地。它的牙龈痒痒得难受哩!这时韦嘉就想了个办法:扔给它一截木头。让它爱怎么啃就只管啃去,虽然这会弄得遍地都撒满木屑,但总比打破杯盘碗盏好多了。

"你真是个布扬!"布扬是土话,就是"捣蛋鬼"的意思,不想爸爸说的这个"布扬",随即就成了小狗的名字。从此,它就被叫成"布扬"。

"布扬!"韦嘉只要这么叫一声,小狗就颠儿颠儿跑过来,一双聪慧、机敏的眼睛盯着他看,从那脸上的表情看得出它是在问:"叫我干吗?"

显而易见的,布扬不是一般的家狗。早晨,要是韦嘉醒来迟了,它就会绕着韦嘉的床焦急地打转,还会拽动他的被子去提醒他:该起床了!韦嘉到学校里去,一连几个钟头不回来,它就会闷闷不乐,露出一副焦躁的神态。有一次,韦嘉去了夏令营,几天没回来,布扬就忧郁的什么也不吃了。

布扬很快长成了一条威武壮实的大狗。它的耳朵高高地支棱起来，那模样简直同韦嘉有一次在展览会上所见的没有两样了。当然，它现在还不会做什么，除了尽情地玩、酣酣地睡，还学会了察言观色。

惩治无赖

韦嘉参加了养犬俱乐部。到这个俱乐部里来活动的，除了男孩子，竟还有小姑娘。俱乐部里常有养狼犬的老把式来给他们讲各种养犬知识。韦嘉在俱乐部里弄明白了狼犬能给人带来的种种好处：它可以是放牧员、看守员，也可以是乡邮员、通信员、侦察员、卫生员，还可以是哨兵——如果养的是狼犬中的多伯曼犬、埃德尔犬、北极犬，那么就可以到国防军里去派个特殊的用场。

这时候的布扬，已长成了一条真正的东欧狼犬，表现出了本性中凶悍、灵敏、不轻信的特点。韦嘉训练它按照人的意志蹲下、趴下、爬行，要按规矩走在主人的左边。为了训练布扬的自制力，韦嘉在它鼻子上搁一块肉，然后下命令"不许"，狗就用鼻子气定神闲地顶着肉、纹丝不动，甚至可以做到不喘气。直到韦嘉下命令"拿去"，布扬才立即将肉抛向空中，随后漂亮地一跃身，当空把肉接住、嚼碎、吞掉。

布扬原来细枝一般的尾巴，现在已经长得又长又蓬松了。韦嘉知道了从狗的尾巴动作能看出狗的情绪变化：兴奋时尾巴使劲来回晃个不停；愤怒而准备咬架时，尾巴就高高翘起；沮丧或胆怯时，尾巴会耷拉下来，藏在两条后腿之间。

布扬的嗅觉灵敏得惊人,所以常常能帮助主人找到主人丢失的东西。有一天,韦嘉的爸爸忘了把眼镜放哪儿了,结果是布扬帮他找到的。有一次,爸爸去上班,不小心丢了身份证,找了好久没找到。原来是爸爸在快到工厂大门,在离大门还有十来步的地方擦眼镜,一走神,身份证掉进沟里了。当然,最后也是布扬帮他找到的。

有一次,韦嘉从俱乐部里出来,天色已晚,街灯都亮了。走在市郊僻静的街道上,韦嘉多了个心眼,他特意把拴在布扬身上的皮索解开了。布扬得到了自由,就欢欢喜喜地奔跑起来,边跑边嗅草坪,鼻子不停地翕动,不时跑到没灯光的地方去。

突然,分明有玻璃碎裂的声音隐约传到韦嘉的耳朵里,哗啦一声,前面的灯黑了一盏。

怎么回事?韦嘉收住了脚步,一个猜测从他头脑中闪过:"有人打碎街灯的灯泡了!"

韦嘉的心不由得怦怦剧跳起来。

"布扬,过来!"韦嘉吩咐说。

一阵沙沙声过后,布扬从黑压压的槐树林中蹦跳出来,来到了韦嘉的腿脚边。韦嘉凝神细听,哗啦的声音没有了。一排亮堂堂的球形灯向黑暗延伸过去,但有两段黑了。

几天前,他来俱乐部的时候,发现一个白色的球形街灯泡被砸破了。看来是有无赖用石块故意打破的。他知道有无赖用这样的举动来炫耀自己的勇敢、展示自己的本领——他越想越气愤!而现在,一盏街灯又在他眼皮底下被打破了!

韦嘉当即拿定了主意。他对布扬命令说："跟我来！"就向街灯熄灭的地方飞跑过去，布扬小跑着跟在他身边。

但是街灯熄灭的地方并没有人。

韦嘉站了一小会儿。听见一个巷口传来几个男孩隐隐约约的说话声。他和跑在他左侧的布扬迅速追过去，韦嘉在街区一个空寂无人的地方追上了三个半大的男孩。

"街灯是你们打破的吧？"韦嘉厉声问。

几个半大的男孩站住了。一个壮实的高个子男孩把手插进衣袋里，同时叉开双腿，用不屑的目光打量了一下个子比他矮小得多的韦嘉，挑衅地说："就算是吧，这跟你有什么关系？"

"你们为什么要这样做？"

"这用不着向你请示！"

"上民警队去。"韦嘉斩钉截铁地说。

"干吗？"男孩问。

"什么'干吗'！你们不去，我就扭送你们去！"

"谁扭送？你？"高个子鄙夷地看着韦嘉。

"当然是我！"

"走吧，彼嘉。"另一个半大的孩子惶恐地说着，直往四下里张望，"彼嘉，别吵啦！别缠啦！我跟你说过的，那街灯砸不得，可你，一抬手，哗啦，破了……"

但韦嘉摊开双臂，拦住无赖们不让他们走。

"我最后一次问你们，民警队是你们主动去，还是我扭送你们去？"

"哈，粘上了，像烂膏药似的粘上我们了！"

彼嘉猛一甩手，要打韦嘉，可就在这瞬间，他忽然吓得连连往后退步，原来是布扬狂吠一声，向彼嘉猛扑过去，迅雷不及掩耳，韦嘉制止布扬的命令还没出口，布扬已经一口咬住了彼嘉的腿——彼嘉惨叫一声，急忙蹲下去捂住小腿肚，跌坐到地上，另外两个伙伴撇下彼嘉自己夺路逃跑了。

"站起来！"韦嘉说着拉开了布扬，"去民警队！"

"不过你得拉住你的狗。"彼嘉惊恐万状地瞅着布扬，带着哭腔说。

他站起来，不情不愿地一瘸一拐跟着韦嘉走。彼嘉的腿肚火辣辣地疼，而更难受的是，学校和家里要知道他在外面干的这些见不得人的破事，他将遭遇的场面更让他没有面子。他很想溜掉。可是他提心吊胆地瞥了瞥狼犬，他晓得自己是溜不掉了，所以只得哭丧着脸一步一步跟着韦嘉走。

回家

转眼就到了冬天。韦嘉常常带着布扬到郊野去滑雪。到郊外河边去滑雪，人和狗都快乐无穷。韦嘉最喜欢从坡头往下滑，一直滑到坡脚。滑雪板飞驰着，韦嘉的耳畔只听见寒风的呼啸声和布扬的吠声。在河中央的坚冰上，韦嘉脱下了滑雪板，同布扬一起你追我赶地奔跑。他们尽情地嬉戏了一阵以后，就向河对岸的树林走去，一直走进树林深处。

周围出奇的静谧，仿佛万物都已沉入了梦乡。每一个细微的响动,哪怕是窸窣一声,从老远都能听见。一只喜鹊懒洋洋地拍动花斑点点的尖翅膀,低低地掠过树梢。布扬抬起头,对这低飞的鸟儿看得出神。

"噢!"韦嘉对着密林喊。

"噢!"渐渐昏暗的密林里,仿佛有人在回应他的呼喊。

暮色中,松树和枞树的枝丫覆盖着枕头般绵厚的积雪,张牙舞爪地向四方伸开,一只毛茸茸的灰色小动物轻捷地从一棵树的树梢蹿到另一棵树的树梢。

松鼠!

哦,这个顽皮的小东西太让韦嘉喜欢了!韦嘉追逐起松鼠来,他倒不是要捉住它,只是想再好好地看看它!

"扑通"一声,韦嘉一跤摔在了积雪中。他的衣领、耳朵和眼睛全都糊满了雪。这倒还没什么。糟糕的是,他站起来时感觉腿部一阵剧痛。他想迈步,不料一动脚就"哎哟"一声大叫起来。

韦嘉摸了摸自己的腿,是腿关节脱臼了。

都怪顽皮的松鼠!可是什么都来不及了,这里离家有好几公里路呢,他却挪不动步了!

为了让自己减轻些腿部的疼痛,韦嘉坐到了滑雪板上。

"布扬,这下咱们该怎么回家呀?"

布扬快活地摇晃着尾巴,围着主人转了一圈又一圈——还快活呢,这个傻瓜!它竟还不知道主人发生的不幸呢,它压根儿就不懂得为主人而着急——天要黑下来了,可怎么回到家呀?

"布扬，咱们总不能这样待在树林里啊！"韦嘉对狗说，"咱们会冻死的！狼或熊也会来把我们……"

布扬等主人站起来，等啊，等啊，等得失去了耐心。它用牙齿咬住滑雪板的一根绳索，往自己身边拉，像是在对韦嘉说："你不能总坐着。起来呀！"

是啊，是不能总这样傻坐着，这样坐久了，雪会陷下去，让布扬拉他，布扬的力气又不够。不过不妨试试吧！干吗不试试呢？反正也没有其他办法了。他拿定主意要试一下，他要挪动身子躺上滑雪板，让布扬拉雪橇似的拉滑雪板。

韦嘉向来冷静和机灵，所以，在这样的困境中也没有惊慌失措。他摘下身上的宽腰带，抽出系裤子的皮带，掏出手绢，绑住滑雪板弯曲的部位，让它不要来回晃动，再把宽腰带和皮带当轭索，最后把轭索套在了布扬脖子上。韦嘉就直挺挺地躺在滑雪板上，双手紧紧拉住轭索，接着就吆喝起来："布扬，走！"

滑雪板吱吱嘎嘎响起来，在雪地上缓缓向前移动了。他们向着家的方向行进着，身后留下了一道宽宽的辙痕。

布扬拉了一阵，韦嘉让它稍微歇歇气，然后再吆喝："布扬，咱们走！"

冬季白天短，黑暗早早地就向树林笼罩下来，而家还离得很远呢！家里的人一定等急了——因为要在往常，他早该回到家了。

布扬拉得通身都热烘烘的。它吐出了舌头，呼哈呼哈喘着粗气。轭索勒得它脖子生疼，透不过气来，可是前面还有一条河，河对岸还有一个陡坡……布扬拼出全身的力气拉滑雪板，虽然它不时地陷入积雪中，但仍用全身气力拉，不停地拉，拉……

　　已经伸手不见五指了。韦嘉虽然心里害怕，但还是镇静地瞪大双眼。前面闪烁的是什么亮光？一点，两点，三点……该不会是狼眼吧？

　　亮光一会儿散开，一会儿又聚拢。亮光越来越近了……传来了大声说话的声音。

　　原来是韦嘉的家人出来找韦嘉了！待更近时，韦嘉就看清了自己的爸爸提着灯笼。布扬听见熟悉的人声，就冲向前去。布扬也突然欢叫起来，朝韦嘉的爸爸猛奔而去。

　　过了半个钟头，大家就都欢喜地回到了家里。

　　韦嘉把装在暖手筒里带回来的狗孤儿布扬，就这样救了他，把他带出了夜晚恐怖的密林。

（韦苇　译）

鲸歌激荡

张剑彬

虎鲸们追赶猎物,却突然停止前进

"昂——"夕阳的余晖中,苍凉悠远的鲸歌又传了过来,犹如一只看不见的巨大手掌,再一次狠狠地拨动着虎鲸们的神经。对,是那个大家伙,那头名叫"胖头"的雄性座头鲸。根据声音能判断出,它就在那座小冰山的另一侧。怪不得刚才找不着它了呢,原来是被那座冰山遮挡住了。那个大块头肯定也以为海上霸主们已经走远了,正放开嗓门儿唱凯歌呢。不用说,它的妻子丽娜和它们的孩子团团肯定也跟它在一块儿。这个傻大个儿!等着瞧吧,一会儿就让你的凯歌变成哀乐!

领头的虎鲸大威身子一弓,跃出水面,在空中画了一条漂亮的弧线,犹如一道闪电,带头向鲸歌传来的方向扑去。这个动作虎鲸们太熟悉了,这是一个发起攻击的信号,这个信号一发出来,虎鲸们就知道,又该亮出它们的牙了。

现在,每一头虎鲸心里都憋着一团火。从前天起,它们就在追踪这三头座头鲸。凭着精准的回声定位系统,大威准确地判断出,这是一个三口之家,一对座头鲸父母带着它们幼小的宝宝。按照大威丰富的捕猎经验,这是个捕食的好机会，捕食的对象，就是那头毫无防卫能力的座头鲸宝宝。只要设法把两头大座头鲸引开，美食就到口了。

然而奇怪的是，追到这片海域时，眼看着就要追上了，座头鲸一家却突然像蒸发掉了一般，连影子也找不着了。虎鲸们清楚，座头鲸一家肯定藏在哪座小冰山后面。可是虎鲸们心里再着急也没有用，因为这片海域漂满大大小小的浮冰，所以回声定位系统在这里发挥不了作用，它们只能绕开一块块浮冰，一点点去找，心里别提多窝火了。现在好了，这个笨胖头自己暴露了目标，再也用不着虎鲸们费力去寻找了。

转眼间，虎鲸们绕过了那座小冰山，一声悠长的鲸歌立刻扑面而来，因为少了这座冰山的遮挡，这个声音听起来特别清晰、响亮。看，在那些浮冰的缝隙间，那个大块头的身影忽隐忽现。虎鲸沿着浮冰之间那些狭窄的水道，向着目标猛追过去。而那悠长的鲸歌，依旧在不断传来，胖头似乎对于那近在眼前的危险毫无察觉，真是个傻大个儿。

随着距离的拉近，胖头的身影也越来越清晰，眼看着只要穿过前面的水道就可以追上了。可就在这个时候，胖头似乎发现了它们，那对篮球般的大眼睛通过窄窄的水道，向虎鲸们投来远远的一瞥，然后"昂"地发出一声惊慌的长鸣，一头扎进水里，不大一会儿工夫，又从前方几十米开外冒了出来，巨大的身躯顶得浮冰纷纷向四周涌去。它想逃跑！这个大傻瓜终于发现了危险，瞧它那双门板似的鳍肢划得多有劲儿呀，每划一下，都会搅起一股旋涡。一边划，一边还响亮地"昂昂"叫着,那叫声里充满了恐惧,瞧这大块头被吓成什么样了!到此时才发现危险,太迟了,瞧你往哪儿逃!虎鲸们无比亢奋,一边避让着涌荡不定的浮冰,一边凶猛地朝前追击。虽然不时有浮冰挡道,但海上霸主们相信,凭着它们的速度,用不了多长时间就能追上猎物。

突然,领头的大威"唰"的一下把身子横过来,像一堵墙似的挡住众虎鲸的去路。后面正疾速前进的虎鲸们一时停不下来,接二连三地撞在了大威身上。虎鲸们大惑不解,眼看就要追上了,怎么突然停下了呢?大威这是怎么了?

大威静静地停在那儿,仿佛在凝神谛听着什么。奇怪的是,胖头也停止了前进,仿佛它的后面长着眼睛,将虎鲸们的一举一动看得清清楚楚。它只是在原地拍打着尾巴,腾起又落下,砸得水花轰然作响,还不时"昂昂"地发出更加响亮的叫唤,眼睛也不时地朝虎鲸们瞥着。

虎鲸们心中都十分着急,怎么还不追呀?那个大块头不就在那儿吗?大威怎么还不下命令呀?一些着急的虎鲸不停地发出"咦——咦"的短促叫声,催促着大威。却见大威如同一枚出膛的炮弹蹿出水面,在半空中来了个差不多三百六十度转身,又"咚"地落回水中,砸得水花四溅。"咦——"大威发出一声长长的响亮的叫唤,这声叫唤犹如前进的号角。叫唤声中,大威已转身朝东面扑去。虎鲸们大惑不解:咦,这是怎么回事儿?大威前进的方向冰块密集,看不见有什么猎物呀!但是疑惑归疑惑,大家也没有丝毫的停顿,都紧紧跟随大威朝东面扑去。这个群体的捕食效率一向很高,原因只有一个——精诚合作。而捕食作战时的灵魂，便是游在最前面的那头最矫健的虎鲸——捕食先锋大威。

座头鲸玩花招，虎鲸偏不上当

其实，大威刚才跃起时，什么也没有看到。扑入它眼帘的，只有东面那密集的浮冰，还有南面那头仍在原地扑腾的胖头。然而正是凭着看到的这两个简单的现象，大威更加坚定了心中的判断：这里面一定有猫腻。

是的，一定有猫腻。以往座头鲸在被追赶时，无一例外都会拼命逃跑，一心想找个地方躲藏起来。哪有像胖头那样，一边逃跑，一边大叫，还不时朝后偷看的？唯恐敌人发现不了它似的。而且追了一阵，连那对座头鲸母子的影子也没有见到。大威稍微一想就明白了：哈，一定是母座头鲸和小座头鲸躲在哪里，胖头在这儿虚张声势，想引开它们呢。这个笨胖头，自以为很聪明，凭这点笨办法，也许能骗得过别的虎鲸，但怎么能骗得了它大威呢。也不去打听打听，它大威当上捕食先锋以来，带着族群捕食哪一次失手过？虽然刚才跃起时，并没有见到座头鲸母子，但大威断定，母座头鲸丽娜和它的儿子团团，肯定就藏在东面那片浮冰里，因为东面那片浮冰最密集，是最容易隐藏的地方。

虎鲸们的动作非常迅速，很快就插进了东面那片浮冰丛中。坚硬的浮冰，撞得虎鲸们皮肤生疼，有几条虎鲸的皮肤甚至被尖利的浮冰划破了。多数虎鲸心中都抱怨不已，猎物到底在哪儿呀？大威今天到底是怎么啦？放着那即将追到的大块头不要，却扎到这里来自讨苦吃。

就在虎鲸们叫苦不迭的时候，前方五十米开外的浮冰丛中突然"哗啦哗啦"响了起来，一些小块的浮冰被纷纷挤向两边。因为中间隔着几块巨大的浮冰，所以不能看到全部情景。但从浮冰的缝隙中仍然可以看到，一头巨大的母座头鲸正拼命挤开拦路的浮冰，后面紧紧跟随着一头小座头鲸。这对座头鲸母子，不正是虎鲸们追踪已久的丽娜和它的儿子团团吗？

虎鲸们立刻兴奋起来，"咦——咦"的叫唤声比平时大了许多，对大威佩服得五体投地。这家伙不愧是捕食先锋，眼光就是比我们准！要知道，虽然刚才已经快追上胖头了，但能不能抓住它，还是个未知数。虽然那大块头没有尖利的牙齿，但它那条巨大无比的尾巴也不是吃素的。别看座头鲸平时脾气挺温和，可你一旦要它的命，它也肯定不会坐以待毙。如果逃不掉，它也会反抗，最常用的武器，就是那条巨尾。

大威自己就吃过这方面的亏。那个时候，它还没有成为捕食先锋。有一回在安德烈岛附近，它们追上了一头雄性座头鲸，跟胖头一样，也是一个大块头。年少气盛的大威一心想在伙伴们面前露一手，未加细想，就猛地扑上去，打算第一个撕咬下座头鲸的肉。它刚接近那大块头，大块头的尾巴就自下而上掀上来，那力气大极了，仿佛能把一艘万吨巨轮一下子掀个底朝天。大威首当其冲，一下子被掀离水面好几米，它觉得脑袋"嗡"的一响，像一枚大鱼雷，一头栽进水中，就什么也不知道了。其他的虎鲸再也顾不上追捕猎物，慌忙围上来，翻转大威的身子，让它的喷水孔露出水面。因为如果不这样，晕过去的大威就有可能被海水溺死。

有了这次教训，大威深深地领会到，不管干什么，都不能凭一时之勇，得学会动脑筋。也正是通过这次教训，大威一下子成熟了许多。可以这么说，要是没有这次经历，大威应该也成不了捕食先锋。因为它懂得了，不管猎物的诱惑有多么大，都必须首先保护捕食者自身的安全。

其实，大威心中还憋着一口气。胖头不是在跟我耍花招吗？我偏不上你的当，你当我傻呀？走着瞧，看谁能玩得过谁！

为了救妻儿，座头鲸爸爸豁出去了

丽娜不用朝后看，就知道死神离它们不远了。那后面"哗哗"的激水声，冰凌的碰击声，多么激烈呀。如果不是因为浮冰磕绊着，这么一点距离，那些海上霸主一个猛子就扎过来了。丽娜使出浑身力气朝前挤着、撞着，一边挤撞，一边"昂昂"急切地叫着，招呼团团跟紧它。其实根本不用妈妈招呼，团团早就吓坏了，它"昂昂"地发出短促恐惧的叫声，不敢离开妈妈半尺。它怎么也想不明白，那些虎鲸为什么要追杀它们，自己一家并没有招惹它们呀！

浮冰太多了，前面、两边都是大片大片冰层，根本没有出路。而且前面的冰越来越厚，顶起来越来越吃力，到后来几乎挤不动了,丽娜几乎要哭了。上空的海鸟也似乎感受到海面上逼人的杀气,在头顶"嘎嘎"大叫着上下翻飞盘旋。丽娜多么想也长出一对鸟那样的翅膀,带着团团一下子飞离这片死亡之海呀!可是这只能是梦想,它心里清楚,死神的手即将搭上它和儿子的身体。

身后发出"哗"的一声巨响,一股大浪霎时涌来。丽娜的脑袋一阵眩晕,真没想到,那些家伙来得那么快!它本能地掉转身子,想护住团团,却听到一声熟悉的"昂——"的叫声,悠远深沉,又透着山一般的镇静,似乎天塌下来也不怕。紧接着,丽娜看到一个熟悉的身影,一个山一般的身影,正从儿子身后的水中升起,洁白的水花伴着大大小小的冰块,正从那黑得发亮的背部向四周纷纷滑落。"噗——"一股水柱犹如喷泉,从丈夫那粗大的喷水孔喷出,射向半空。"昂——"胖头又发出一声长叫,那么有力,那么响亮,那么悠远,不光是丽娜和团团,连已经近在咫尺的大威它们也愣住了,谁也没反应过来,这个大块头怎么突然从这里冒出来了!

胖头从这里冒出来是冒了风险的,因为它是从厚厚的冰层下面钻过来的。鲸都是用肺呼吸的,必须定时冒出水面换气。一旦在冰层底下迷了路,出不来的话,就有可能被憋死。但是,为了救妻儿,胖头已经顾不上这一切了。幸好它的眼光很准,一下子找准了方位。

胖头也怔怔地看着面前的海上霸主们,一时不知道该怎么办。是的,它一开始的确想引开虎鲸们,只要能救得了妻儿，就算自己被咬上几口又有什么关系呢？谁知道狡猾的虎鲸并不上当。现在该怎么办呢？自己完全被堵死在这儿了，想逃都逃不了。就算它和妻子丽娜能够钻入冰层逃跑，团团也绝对不可能逃走，左边、右边、前方的冰层都那么厚、那么大，似乎一眼望不到边。用不了多大工夫，儿子就得被活活憋死，到头来还是免不了成为虎鲸们的美餐，因为就算虎鲸不想方设法把团团的尸体从冰层底下弄出来，海流也会把尸体带出来。

忽然，一个念头出现在胖头的脑海。这个念头是那样的残酷，以至于胖头浑身都在颤抖。但，除此之外，似乎没有更好的办法了。一股悲壮的情绪从它心头升起，它心一横，豁出去了，只要能保住儿子和妻子的性命，不管付出什么代价都值得！

"昂——"胖头低低地叫了一声，声音是那么柔和，那么委婉，仿佛在呼唤自己最亲密的伙伴。它身后的丽娜大惑不解，只有面对自己和孩子团团时，胖头才会发出这种腔调的呼唤。可是，现在丈夫面对的，是一群一心想吃掉它们孩子的家伙啊。丈夫这是怎么了？吓坏了？还是想向那些家伙求情？不仅如此，胖头还轻柔地摆身子，缓缓地向虎鲸们靠近。那样子，简直跟它当初求偶时轻轻迎向自己的情形一模一样。

虎鲸们也大惑不解，谁也弄不清，这个大块头到底是哪根筋出了毛病。它们警惕地后退着，它们越后退，胖头越往前逼，那神态越发亲昵，叫声也越发委婉，而胖头越是这样,虎鲸越是警惕,在大威和它的伙伴们的捕猎生涯中,还真没见到哪头座头鲸这样做过。

但大威毕竟是大威,岂有海上霸主被座头鲸吓得后退的?刚才短暂的后退,只是在观察形势。就在这短暂的时间里,大威心中已经定下新的进攻方式。它心里冷笑一声,心想,不管你耍什么花招,今天你的孩子我是吃定了。你以为你横在面前,我们就吃不到它了?我们只要一个猛子扎下去,绕过你,它照样成为我们的美餐!

"咦——"大威短暂而又响亮地发出一声命令。然而,未等虎鲸们行动,几乎就在大威发出命令的同时,胖头的身子已经一弓,猛地扎入水中。别看它身体庞大,却是如此敏捷而又迅速,如同一道壮美的闪电,在水中画了一道近乎三百六十度的弧线,一下子插到团团的身下,巨大的脑袋猛地一甩,将团团抛起。团团没来得及察觉,已被高高地抛离水面,"咚"的一下,重重地砸在十米开外的冰面上。这一下摔得太狠了,团团几乎晕厥过去。

这一切,丽娜都看得清清楚楚,它惊呆了,丈夫这是干什么?平时它那么疼爱儿子,可现在却做出这样的举动,岂不是要把儿子摔死?不等丽娜有所表示,胖头又插到它的身下,如法炮制,猛地一甩,企图也像甩团团一样,把丽娜甩到冰面上去。

然而胖头高估了自己的力量。儿子才多重啊,丽娜的分量起码是儿子的十倍。虽然胖头使出了全身的力气,但丽娜只是勉强被它顶出了水面,搁在了冰面的边缘上。尽管冰层很厚，但丽娜的身体太重了，刚搁上去，冰面就一下断裂开来。胖头"昂"地叫了一声，用力顶住承载着丽娜身体的断裂冰块，企图把丽娜顶到更大的冰面上去。

在那一瞬间，丽娜醒悟过来，丈夫原来是想把它和儿子都转移到冰面上去，这样虎鲸就伤害不了它们了，而丈夫想独自留在水中应付虎鲸。刚才丈夫那样讨好虎鲸，实际上是想麻痹它们。丽娜挣扎着，企图滑下水面，它要与丈夫共同应付那群凶恶的强盗。但它刚一动弹，胖头就"昂"地大叫了一声，声音那样坚定，又那样严厉。丽娜完全听明白了丈夫的意思，它是命令自己不要乱动，要自己好好陪着儿子，因为儿子还小，还需要母亲的呵护。

丽娜只愣了两秒钟，便再次决定滑下水去。因为它听到从丈夫的身上传来"哧"的声响。这种声音太熟悉了。它记得还在跟父母一起生活时，母亲身上就传来过这种声音，这是皮肉被活生生撕下来的声音。撕下母亲皮肉的，也正是一群虎鲸，就在那一回，它永远失去了母亲，那是母亲为了保护幼小的它而付出的代价。现在，这种血的代价又在丈夫身上重演了。可恨的强盗们！

丽娜听到丈夫发出一声"昂"的痛苦叫唤，眼睛也一下子睁大了许多，眼神里饱含痛苦。丽娜不用看都知道，鲜血正从丈夫身上涌出，正在把它身边的海水染红。它要与丈夫一道，去抵挡那些强盗。可是胖头一下看透了丽娜的心思，发出一声更加高亢的大叫，刚才声音里的痛苦已经消失得无影无踪，连眼神里的痛楚也丝毫不见了，眼睛里迸射出来的光芒，充满丽娜从来没有见过的严厉，那代表坚决的命令。不仅如此，它还用嘴巴狠狠拱了丽娜一下。丽娜觉得丈夫的力气大极了，它连同身体下面的浮冰一道，被狠狠挤靠在儿子所在的那块巨型冰面上，根本动弹不得。丈夫什么时候对自己这样狠过？从前它呼唤自己时，声音里只有温柔，它瞧向自己的眼神里，向来只有甜蜜。对于儿子团团，它当然更是一位好父亲，它甚至把妻子也当成了自己的孩子，像一位父亲一样去呵护。

丽娜浑身颤抖了一下，它不敢再往水里挣扎。因为在它身体的另一侧，儿子挣扎着翻滚了过来，在它的身上蹭着、拱着，委屈地叫唤着，寻求着母亲的爱抚。丽娜清楚，只要自己一下水，儿子也势必跟着滑下冰块，难免成为虎鲸们的美餐。它心头突然冒起一股火，孩子，爸爸豁出命来保护咱们娘儿俩，你怎么这么不懂事呢？它抬起一只鳍肢，狠狠地拨了一下团团，团团如同一只巨大的枕头骨碌碌地向冰层里面滚了几圈，更加委屈地叫唤着。但是团团并没有停下来，又扭着身子继续向母亲靠拢。

丈夫身上不断传来皮肉被撕裂的"哧哧"声。"昂——"丽娜发出一声痛苦的长叫，心想：胖头，你怎么不躲呀？哪怕抬起尾巴，抽打虎鲸们一下也好哇，哪能就这样任凭它们撕咬。

的确，胖头一点都没有挣扎，就这样任凭虎鲸们疯狂地撕咬着。它只做着一件事，死死地顶着丽娜连同它身下的那块浮冰，这样不仅保护了儿子，也保护了妻子。有了浮冰的保护，加上它挡在外面，虎鲸一时别想咬到妻子跟儿子。丽娜突然明白过来，丈夫之所以一点也不动弹，是因为想用自己的血肉喂饱虎鲸，虎鲸们吃饱了，自然就会离去，它和儿子就安全了！

"昂——"丽娜发出一声长长的悲怆的叫唤。它不知道该做些什么好，只是用鳍肢紧紧地、紧紧地护住儿子。

"哧——哧——哧——"皮肉的撕扯声更密集了，虎鲸们都疯了，那是一种被戏耍以后的狂怒。大威此刻连眼睛都红了：好吧，胖头，既然你心甘情愿代替儿子去死，我们就成全你，今天我们要把你撕得只剩一副骨架！上空的海鸟们"嘎嘎"叫得更激烈了，这片海面上正进行的前所未有的血腥杀戮，把海鸟们也吓坏了。

最后一声深情悠长的呼唤

不知过了多久，一切终于平静下来。丽娜就那样静静地卧着，篮球般的大眼睛无神地对着天空。它不敢看身侧，其实它不用看也知道，身侧的海水，一定如同天边的残阳那般血红，那都是丈夫的鲜血染红的。虽然丈夫的半个脑袋仍然搁在冰面上，抵着它的身体，但是丈夫已经没有了力气。它怕自己一动弹，丈夫就会没进水中。虎鲸们往常只要吃饱了肚子就会扬长而去，而且一头成年座头鲸体形庞大，仅凭这几头虎鲸是根本吃不完的。可是这回强盗们填饱了肚子以后，却仍然不放过胖头，居然丧心病狂地把胖头的脂肪几乎全部撕扯下来,像棉絮一样漂浮在海面上,倒让那些惊魂未定的海鸟们捡了个现成。可怜的胖头几乎真的只剩下一副骨架了,如果不是脑袋搁在冰面上,只怕早就沉下去了。

丽娜紧紧闭上眼睛,两股小溪般的泪水,从那巨大的眼睑缝隙中渗了出来。亲爱的丈夫,你真的这样丢下我们了吗?我们一家,我们不久前还亲密无比的一家,就这样家破人亡了吗?

丽娜觉得身边动了一下,接着传来一声怯怯的"昂——"的叫唤,那是一直被它的鳍肢压得难以动弹的团团。丽娜心中一半是酸楚,一半是怜惜,都是因为你这个小家伙,如果不是为了你,爸爸能这样吗?也就在这个时候,丽娜听到身体的另一边传来"昂——"的一声,那样熟悉,它以为自己听错了。但即刻,又是"昂——"的一声呼唤传来,亲切,悠长,深沉。丽娜觉得心脏一阵紧缩,没错,是它,是它的声音,呼唤团团时,是这种声音,呼唤自己时,也是这种声音,不知道从什么时候起,这深情的呼唤几乎成了它们这个三口之家的主旋律。

丽娜猛地睁开眼睛,用力瞧向丈夫那一侧,目光恰好与它相遇。丈夫的目光跟它从前看向自己时一模一样,那样温柔而深情,甚至带着喜悦,仿佛它根本没有受到伤害,而是刚刚从哪里游逛归来,或是即将去哪里游玩。而实际上,胖头那巨大的脑袋正在向浮冰下滑落,庞大的骨架正在向水中沉没,那深情的目光,也正在渐渐涣散。

"昂——"丽娜发出一声惨痛的大叫,企图滑下水去顶住丈夫。然而丽娜的叫声未落，"昂——"丈夫发出一声更加响亮的叫唤，那本来即将黯淡的目光，顷刻又变得严厉起来。丽娜心头一抖，不敢再动弹。它明白丈夫的意思，丈夫不想让孩子看到眼前惨烈的景象，让丽娜用身体挡住孩子的视线。也可能是丈夫仍旧不放心，不知道那群海上霸主有没有真的离去，觉得妻子和孩子还是待在冰面上安全些。

"哗"的一声巨响，胖头的大脑袋终于完全滑入水中，整具躯体缓缓朝水下沉去。即将入水的那一刻，它发出一声空前响亮的"昂——"的呼唤，那样深情，那样悠长，犹如从生命最深处传出的歌声，在如血的残阳中，在苍茫的海天间，在丽娜母子的心头，久久激荡……

企鹅之舞

王慧青

遇到了另一半

  我的前世出生在一座遥远的东方国度的动物园里。那里的生活大多氤氲成了模糊的记忆，仿佛一幅山水画卷最边缘的云影。我的脑海中始终磨灭不去的是一只"刷子"的形象，它竹质的身上已经有了长期刷洗脏污留下的污渍，一端的尼龙毛脱落得残缺不全了。为什么它总在我的脑海中挥之不去，而且一想起它，我就情不自禁地想唱想跳呢？

  哦，你还不知道我是谁。我们家族都长着肥硕的身体，两只退化的小翅膀时不时地夯起来，像两只可爱的小手臂；两条短腿走起路来却很快，摇摇摆摆的，像英国的绅士；黑白相间的羽毛，那黑色是火山灰的颜色，白色就是这冰雪的色彩。是的，你猜对了，我是一只企鹅。这一世我生活在南极，名叫杰西。

  又一年的夏天来了，那一片海域的冰完全融化了，海面水波澹澹，冲击着蜿蜒的海岸线，卷起一江的碎玉。我们是海的精灵，这流线型的身体仿佛就是为游泳而生的，水波一见到我们就会自动分开，再加上那两只小翅膀和带着蹼的脚所起的助力作用，我们在水里自由游弋，酣畅淋漓。你永远也不会想到造物主多么神奇，他能让我们在陆地上奔跑，也能让我们在海里觅食。对，这里有数不尽的磷虾，尤其是当天气转暖的时候，太阳的热力给了那些藻类生命的动力，也为磷虾提供了丰富的食物，于是磷虾就兴致勃勃地出游，给我们送口粮来了。我们又长又坚硬的喙一下子就能准确地把它们吸入嘴里。最有趣的是那成团成团的小鱼，顺着洋流的旋涡转动着，我们能巧妙地避开旋涡又能很快地把小鱼啄食。

初冬时节，天气有了些许寒意。我们群体中的每一个都听到"嘭"的一声响。神秘的本能让我们知道：又到了该上岸的时候了。

我在这片企鹅们世世代代生活的海洋里已经待了半年多。我们在享受游弋捕食的欢乐的同时，也在躲避着海豹的袭击。别看豹形海豹长得圆滚滚、胖墩墩的，其实它们是我们永远的噩梦。它们比我们体型大，速度快，能一口气捕食六只企鹅。当我们身上的任何一个地方被它们的触须扫上之后，很快就会一命呜呼。

某一天，当晨曦微露的时候，我和同伴埃克在水里追逐了一会儿，又饱餐了一顿磷虾。我露出水面透透气，埃克则不知道看到了什么新鲜东西向后面游去。一望无际的海面上水波荡漾，水鸟在天空中舒展着双翅，发出悦耳的声音，时而高飞到灰蓝色的天幕上，时而一个漂亮的俯冲，从水里衔起一条挣扎的鱼。它们是空中的佼佼者，而我们是海里的弄潮儿……我就这样呆呆地望着、想着。"快跑！"一声变了音的呼喊打断了我的沉思，前面一个身影在声嘶力竭地向我大喊，于是我跟着它拼命向前游去。我们不知游出了多远，直到远方传来令人恐怖的吼声和凄厉绝望的哀号，其中一个是埃克的声音！我停下来向后望去，看到海豹那两颗尖利的牙齿一下子咬进了我同伴的身体里，那是我从小一块长大的玩伴，此时它的身体被撕裂了，海面上出现了一片殷红。我大喊道："埃克！埃克！"

"快走吧！否则接下来被吃掉的就是你和我！"我扭过头看到了它——黑色的背羽在阳光的照耀下泛着油亮的光泽，尖尖的喙上像涂了一层釉质，那一双含情脉脉的眸子痴痴地望着我，我有点不知所措。我疑心在前世的动物园里见过它，见过这样深情的眼睛，只不过那眼睛只有一只，前世的它被人们称为"刷子"。

这一望我就认定了它是我的另一半。

我们一起并肩向前游去，想必那海豹吃饱喝足不会再理会我们了，危险被我们远远地甩开了。阳光透过厚重的云层温暖着我们，也温暖着我这颗因失去同伴而悲伤的心。

"我叫蓝妮，你叫什么？"它爽朗地笑着问。

"杰西。"我幽幽地回答。

"我在前世见过你哟，杰西。"

前世的记忆瞬间涌过来。"你的前世叫刷子吗？"我脱口而出。

它莞尔一笑，说道："这是个秘密，走吧！"

我刚要说什么，那声恰到好处的"嘭"撞击了我们的耳膜。我们向着发出这声音的岸边游去，每一声"嘭"都是一个同类成功登岸的标志。岸上已经聚集了成百上千只企鹅，它们有的在等待同伴，有的已经向前方的目的地进发。想到埃克再也不能和我一起回到栖息地了，我不禁悲从中来。

"别难过了，说不定下一世你们还能再见面做朋友，就和我们现在一样。"这句话仿佛有神奇的魔力。是的，我现在不是已经找到前世的恋人了吗，我可不能再失去它了。

蓝妮比我先到岸边，"看我的！"只见它全身用力，双足登水，一跃而起，向上来了个漂亮的前空翻，那矫健的身姿跃起两米多高，然后轻盈地落到岸上站稳了。在它的呼唤中，我也豪气冲天地跳上了岸。

生完宝宝，蓝妮要走了

我们挪动着小小的短腿跟在大队伍里，唱着只有我们能听懂的古老的歌谣。累了就用尾巴支撑着休息一会儿，或是变换形式，猛地助跑几步后全身匍匐在雪地上，向前滑出去几米远。偶尔我也会问它的前世，它总是神秘地一笑说："我不要前世，我只要今生。"于是继续一路欢笑一路唱着歌谣。

贼鸥——一听这名字就知道不是什么好东西，它们总是偷袭我们。还好我们是个互相照应的大群体，除极少数的老弱病残之外，我们用这小小的身躯"丈量"了六十里路后终于到了目的地。

"真希望旅途更长些，那样我与你待在一起的时间会更多些!"我欲擒故纵地感慨着。

"不,我们不只在旅途中,我们一生都要在一起!"蓝妮深情款款地说。

"这正是我想要的!"我忘乎所以了。

我们和着深情的歌跳起了动人的舞蹈,时而欢快地拍着翅膀,时而双脚离地向前跳跃,时而身子快速地旋转,时而俯下身子抖动羽毛。看看这个庞大的群体,无数对企鹅在用优美的舞姿和动情的歌声表达着这个世界上亘古不变的主题——爱情!

太阳落山了,晚霞把天边染成了红色,夕阳的余晖笼罩着大地上的白雪还有远处的雪山,也为我们的羽毛镀上了一层金光。一切好像童话中的世界。我们的声音低下去,我们的头靠在了一起,说着只有两个人能听见的悄悄话,那里面说得最多的一个字是——爱。

我们成了一对情谊笃深的伉俪,我认定它就是我前世的"刷子"。

蓝妮是有"慧根"的企鹅。它找到了一个地势稍高的地方筑巢,这样当雪融化的时候巢穴里不至于涌进许多水。当然我们没有在最边上,因为那样会成为贼鸥袭击的主要目标,但也没在最里面,那样去海里捕食会不方便。我也开始四处搜寻珍贵的石子,而蓝妮则待在巢里一心一意地孕育着我们的宝贝。

将近一个月的孕期快结束了,蓝妮变得很瘦弱,要知道在这一个月里它基本上不吃不喝。

"亲爱的,我好想替你受苦呀,我的小刷子!"那天我找完石子回来,心疼地摸着它的头说着。

"没事,我愿意,我要为你生下一个可爱的宝宝!"

那一天蓝妮说肚子难受,可能它要分娩了。于是那天我哪儿也没有去,寸步不离地守着它。随着一阵接着一阵的痛苦呻吟,蛋宝宝终于冲出了生命之门,带着蓝妮腹内温润的气息来到了世间,我愣愣地打量着:它略带淡绿色,一端浑圆另一端略尖。哇!这里有我的孩子!

"快点抱起来!"我终于惊醒了,亿万年来的神秘本能让我知道该怎么做。在蓝妮的帮助下,我迅速地把蛋宝宝移到了脚上,小心翼翼地藏在腹下的蛋囊里。宝宝,你在爸爸温暖的身体下安睡吧,爸爸会用自己的生命呵护你,直到你破壳而出的那一天。不,直到你长大!因为你是爸爸妈妈的爱情结晶,是我们两世情缘的生命结晶!

此时的蓝妮非常虚弱,身体像是小了一圈,几乎连说话的力气也没有了:"亲爱的……我的任务完成了……我累了……要睡了……"

看着曾经英姿勃勃的蓝妮现在瘦成这样,我心痛极了,天气越来越冷,我知道它如果睡过去,很可能会一睡不醒。"不,蓝妮,你不能睡去,你还要为我站岗,还要为即将出生的宝贝捕食啊!"

"哦……是的……"蓝妮只好拖着疲惫的身体站在窝边。

突然,一声噩梦似的声音呼啸而至,我们不约而同地抬起了头——贼鸥,是贼鸥!它一定是发现了目标,正扇动

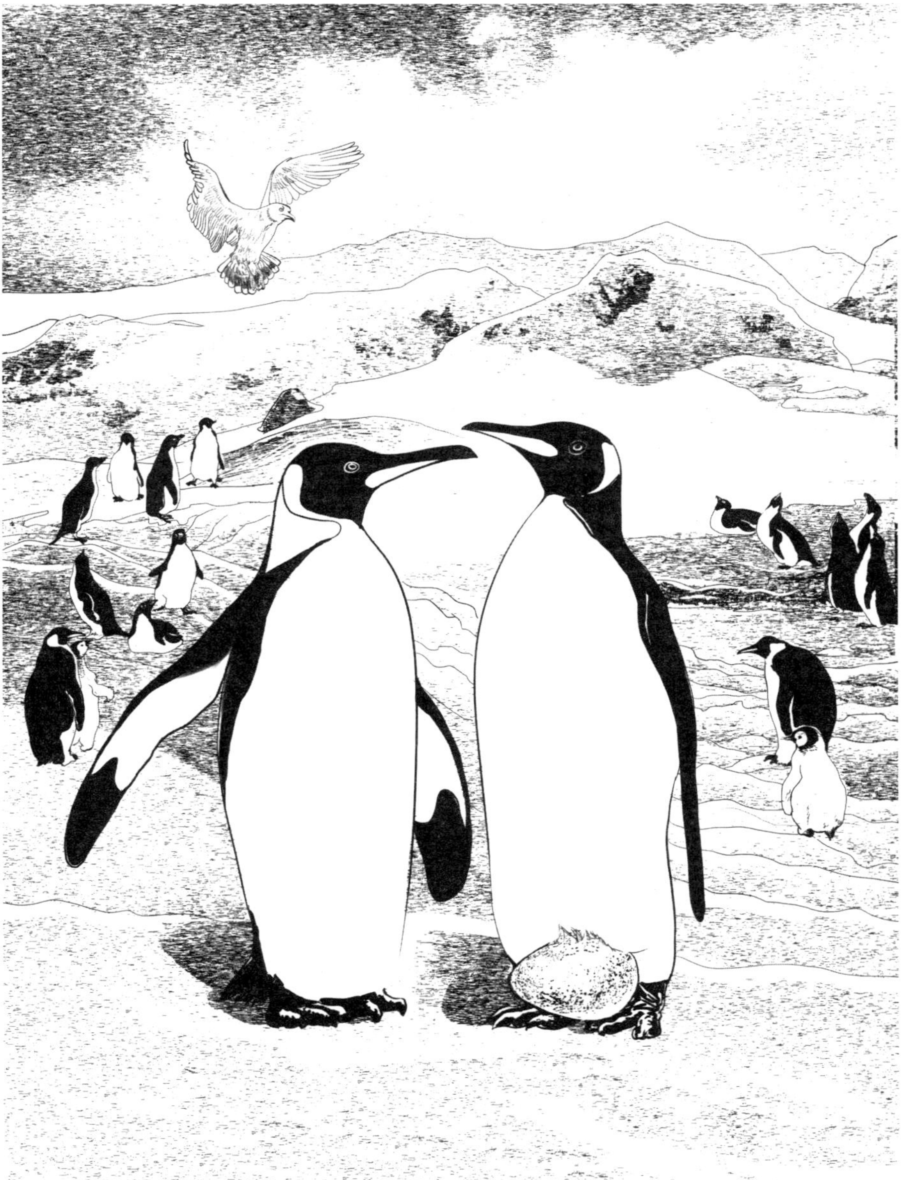

着翅膀俯冲下来。我听到两声仿佛来自地狱般绝望的声音："还我们孩子！""我的孩子呀！"我慢慢地抬起头向边上望去，那对夫妻在痛苦地哀号着！它们因为登岸迟了，不得不把巢建在了边上，却遭此厄运！贼鸥啄食了它们的蛋宝宝后得意地飞向巢中。蛋宝宝一定是在刚生出来后还没来得及运到父亲的蛋囊里就被贼鸥吃掉了。

我认识这只贼鸥，这是一只雄鸟，它的背部有一块硬币大小的伤疤。听别的企鹅说，有一次它抢食海豹的猎物，被海豹咬中后侥幸逃脱，从此它见了海豹就退避三舍，而对不能置它于死地的企鹅却有恃无恐，异常嚣张。贼鸥的巢穴建在不远处的山包上，它们一直在我们周围盘旋，每天以掠食企鹅蛋为生，我们族群里所有的成员都对它们恨之入骨。

蓝妮一下子清醒了好多："还好我们没把巢建在最边上，你看它们好可怜呀！"我看到这对失去孩子的夫妇面色悲戚，它们啜泣着走向远方。

我和蓝妮都看到已经有雌企鹅向远处的大海出发了。但我舍不得蓝妮，蓝妮也舍不得我和孩子。分别的时刻到了，我们相拥而泣。

"让我再为你跳一支舞吧！"蓝妮说着，便轻轻抖动身上的羽毛，舒展双翅，低下头轻轻吻着我的腹部，与我拥抱在一起。

我送给蓝妮的临别赠言是，"我的小刷子，你走吧，我会带好孩子在这里等着你！"

严寒的考验

  天气越来越冷,越来越阴暗,太阳好像和我们有仇似的,不肯轻易露面了。我在这鬼天气里度过每一天、每一分、每一秒,等着我的蓝妮——孩子的妈妈。

  我们的族群有约定俗成的分工,大家轮流在队伍外围站岗放哨或抵御严寒。

  那是一个我永生难忘的日子,是蓝妮走后的第二十八天。

  午后,扯天扯地的飓风仿佛要把天地都撕裂,像恶魔一般挟着雪片向我们袭来。群体中发出一阵阵嘎嘎声,我们在互相传递着危险的信号。原本厚厚的脂肪层在将近一个月的不吃不喝中消耗殆尽,我们的身体都在不自觉地剧烈抖动。

  孩子,我的小杰森!我在心里默默地呼唤着,正是这呼唤让我在忍饥挨饿的煎熬中度过了无数个日日夜夜。它此时在蛋囊里随着我抖动,我的身子被吹得东倒西歪,脚几乎冻僵了,但我努力保持着平衡,不让自己倒下去。风雪似乎没有停下来的意思,族群中发出了一声声痛苦的呻吟,有一个呻吟那么熟悉,我微微扭头一看,是老邻居萨尔多。

  去年夏天萨尔多从海豹那里侥幸逃脱,右脚却被咬伤了,走路一瘸一拐的。在这样的鬼天气里,它的伤痛一定发作了。我眼睁睁地看着它身子一偏,那枚它视为生命的蛋滚落了下来。它不顾一切地朝蛋追去,不知是跛脚太不给力,还是脚下的那块地有点倾斜。哦,都不是,或许是因为气温太低了,还没等它追上,蛋就被冻得裂开了缝隙!

"我的孩子呀！我的孩子呀！"萨尔多发出了一阵阵痛苦的悲鸣，它和妻子情谊甚笃，去年刚孵化出不久的孩子遇到贼鸥的袭击不幸夭折，今年却落得这样的下场！"嘎！嘎！老天爷你还我孩子！"萨尔多离开族群向南方走去，边走边发出凄厉的声音，"你还我孩子！还我孩子！"而这个群体中发出的"快回来，危险！"的声音却显得那么绵软无力。

我把宝贝夹得更紧了，我要与它同生共死。如果宝贝没有了，我活着还有什么意思！我将怎么面对辛苦捕食回来的妻子"小刷子"！

到换岗的时候了，我小心翼翼地挪动着，让自己的每一步都感到宝贝的存在。那个还在坚守岗位的大个子德诺，头上、眼睫毛上都沾上了雪，我向它示意，它一挪动，我就站在了它原来的位置上。不知它是不是太累了，我看到它走路蹒跚，远没有原来稳健。忽然我看到它的腿抖了一下，随即那枚珍贵的蛋快速地滚了下来。德诺那已经被冻得麻木的躯体似乎失去了知觉，它无意识地继续向前走，而在一旁瞪着一双小眼睛暗暗窥视的诺尔以迅雷不及掩耳之势跑过去，用自己的下腹部盖住了那枚蛋，再把蛋托到脚上放进了蛋囊里。

我不知自己是不是产生了错觉，这是在几秒钟之内发生的事。我想不止我一个看到了，但大家都心照不宣地没有说话。是怕像我过去一样惹祸上身吗？可能是吧。我也有理由安慰自己：说出来有什么用呢，大自然总制造些阴差阳错的事，不如将错就错。如果我们说破了便会引起一场战争，在这样冷的天气里,这个宝宝肯定难逃被冻裂的厄运,这对它是幸还是不幸?

但这对德诺来说太不幸了,当它再一次眨眨眼睛意识到发生了什么的时候,一切都晚了。诺尔非常坦然,没有流露出一丝异样。可怜的德诺向四下里张望着,什么都没有,谁都不像是贼,谁又都像是贼,但这么多贼是抓不过来的。它的泪瞬间冲掉了眼上的冰雪。我们都把视线移开了。但我眼睛的余光却瞥见它捡起一颗石子放在蛋囊里,仿佛什么事情也没发生过一样。很长时间我都没看到过它的笑容。

族群里的偷盗者

曾经我和诺尔的巢穴相隔不远。它是个狠毒的家伙。

石子在南极是稀缺资源,是我们筑巢必不可少的东西。如果巢穴中没有石子,当冰雪融化的时候,孩子可能会被雪水淹死。德诺的上一个孩子就是在破壳后不久被雪水淹死的。德诺唯恐再出现意外,也深知"笨鸟先飞"的道理,在别的企鹅休息的时候,它把眼睛睁得像探照灯一般到处寻找。在岩石的缝隙间,在土层的掩盖中,它艰难地跋涉着。每到天黑的时候,它或沮丧或兴奋地拖着疲惫的身体回来,兴奋还是沮丧取决于它有没有找到珍贵的石子。它的妻子琳达则在孕育着腹中的小宝宝,同时死死地看护着它们巢中的那些"家产"。那一天琳达看到晚归的丈夫面容憔悴,疲惫不堪,于是让丈夫在家里守候,自己出去继续寻找石子。

第二天，天刚蒙蒙亮，已经疲劳到极点的德诺还没有从难得的美梦中醒来，我却被一阵窸窸窣窣的声音吵醒了。天哪！诺尔正在把德诺的巢穴中的石子搬到自己的巢穴里！诺尔这个贼！我终于知道了为什么群体中时不时出现失窃事件了。我对它怒目而视，它却装作看不见。"起得真早呀，老邻居！"我故意高声喊道。它狠狠地瞪了我一眼，就衔着石子匆匆忙忙地跑回去了。

德诺被惊醒了，它一睁开迷迷糊糊的睡眼就打量起自己的全部家当，随即便泣不成声地说着："只剩下三十一颗了，整整少了四颗！呜呜……"所有的企鹅都醒来了，如果是别的雄性企鹅为了几颗石子就掉眼泪，我们一定会笑话它，但是我们没有一个笑德诺，因为族群中的每一只企鹅都知道这几颗石子在德诺心中的重要性，这些石子寄托着它的全部希望。

我又听到一阵纤细喑哑的哭声："给你，都是诺尔惹的祸！"说着，诺尔的妻子达夫叼着石子向着德诺的巢穴走过来。

"我说我怎么总丢东西，你这个吃里爬外的内奸！"诺尔向达夫狠狠地啄去，随即一声惨叫传来。开始我们以为是夫妻间的内战，我们不便参与，后来我们才发现诺尔一直在狠狠打它的妻子。

"你总偷人家的石子，人家也是辛辛苦苦寻来的，你还打起了德诺的主意，你这个贼！"受到强烈攻击的达夫禁不住咆哮起来。我才想起前几天我丢了两颗石子，后来一数竟然又回来了一颗，我还疑心自己数错了。别的同伴也一定遇到过这种情况,只不过丢的时候大吼大叫,等其中的一部分"悄无声息"地回来之后,也不好意思吵嚷了。

诺尔把嘴伸向了达夫的背上、颈上以及企鹅最脆弱的头部。可怜的达夫为了孕育小生命和众多的雌企鹅一样已经有二十天没吃东西了,哪里经受得起这样的攻击。

"我是在替你赎罪!替你这个贼赎罪!"这是达夫最后说的话。

可怜的达夫倒在了血泊中,被和它朝夕相处的丈夫诺尔杀了。它用自己的死告诉这个族群,它想用这种方式为丈夫"不劳而获"的行为赎罪。

后来我在睡梦中感到后背一阵剧烈的疼痛,我醒来后看到诺尔得意扬扬地站在自己的巢中,好像在说:"是我就是我!你能怎么样?你又抓不了我!我就是要报复你!"它的那对小翅膀舞动起来,"嘎嘎嘎"地叫着,向整个族群示威。

族群中没有一只企鹅和它做朋友,它也毫不在意,该吃就吃,该睡就睡,该偷就偷。后来它的劣迹在企鹅们心里仿佛成了女孩子脸上的雀斑,用时间这个遮盖霜掩饰之后渐渐淡化了。但它贼性不改,害苦了可怜的德诺。

企鹅宝宝出壳了

风带着凄厉的吼声把远处的灌木连根拔起,我的背部开始隐隐作痛——那是被诺尔袭击过的地方!我如果倒下去就让诺尔得逞了,所以我不能。此刻,蓝妮一定在奋力地啄食,它的那对给过我许多爱抚的小翅膀此刻一定变成了最敏捷矫健的"鱼鳍",奋力地翻越波涛,它会吞下大量的鱼虾贮存在嗉囊里,然后回来哺育我们的宝贝。蓝妮,我祈求上苍不仅赐给你勇气和力量,还赐给你无比的智慧,躲开海豹的袭击。老天,不要让海豹杀死我的妻子,这里有一颗无比炽热的心在等着它回来。

嘎嘎声一阵阵传来,漫天的风雪让这世界变成了灰蒙蒙一片,我也陷入了恍惚中。我的意识拨开层层迷雾,又出现了那只破旧的刷子,那就是我的前世。因为在这一世的词条中,有风雪、石子、南极、海洋、磷虾、海豹、贼鸥……但唯独没有刷子。那只刷子一定是我前世的图腾——哦,它扁平的身体是那样可爱,身上的油渍是恰到好处的点缀,白色的尼龙毛那么柔顺,最可爱的是另一端圆圆的小孔,那是它的心灵之窗,从来也不闭上,就一直那么痴迷地望着我,就和蓝妮的眼神一样。我是爱它的,爱得执着,爱得热烈,任何困难都不会把我和它分开,即使它是一只刷子……

"杰西,快醒醒,风雪停了!"这一声呼唤让我睁开了眼睛,我打了个冷战!把我叫醒的正是善良得让我有点愧疚的德诺。我的身子动了一下,谢天谢地,我的宝贝还在,它就这么圆滚滚地待在我腹下的蛋囊里。

老天给了这里暂时的宁静,我们这些父亲终于可以松一口气了,稍稍活动一下身子。但有的企鹅却怎么叫也叫不醒了，它们就这样被活活冻死了，这时附近失去孩子的邻居们会拼命地跑过去找寻它们的蛋，有的蛋被冻裂了，有的会被收养然后孵化出来，德诺并没有捡到这样的便宜。

贼鸥没有错过这次好机会，它们俯冲下来啄食着死去的企鹅的肉。

第六十天的时候，我感到我的蛋宝宝发出轻微的敲击声，我真想去帮一下它，但去年的经历却浮现在我的眼前。那时我还是一只未成年的企鹅。我学着邻居比尔夫妇的样子潦潦草草地找了几颗石子，算是有了安身之所。有一天，我在睡梦中被比尔惊醒了："杰西，快听听什么声音呀，一定是我的宝贝快出来了！"我作为一个未成年的孩子难得受到这样的重视，于是兴冲冲地跑过去。

我听到了"咚咚咚"的声音，附和着说："是的，一定是宝贝快出壳了！"

"不，我要帮帮它！"说着，比尔匆匆忙忙地把蛋宝宝从蛋囊里滚出来，用坚硬的、弯弯的喙小心翼翼地啄着蛋壳。随着几声唧唧叫的声音，一只湿漉漉的闭着眼睛的小企鹅出来了，但是它全身灰色的毛贴在身上，眼睛怎么也睁不开，无力地挣扎着，后来声音越来越弱，不久便一动不动了。比尔由惊愕变得狂躁，最后失声痛哭。当别人家的宝宝破壳而出之后，它就目不转睛地死死盯着，这让其他企鹅不得不防备它。后来它向一只企鹅宝宝拼死冲过去，用坚硬的喙啄着，众企鹅群起而攻之，直到它在血泊中断了气。

是的，宝贝，别怪爸爸没有去帮你，用自己的力量破壳而出,你会变得更强壮有力,更能抵挡住恶劣的天气和天敌的侵扰。

我听到了唧唧叫的声音,那分明在说:"爸爸,我出来了,快让我看看这个世界吧!"我稍稍站直了些,这样可以让宝贝透透气,然后试探着慢慢地把宝贝移到脚上。哇!太神奇了!我做父亲了,我的宝贝出来了——它有着灰色的蓬松的绒毛,尖尖黄黄的小嘴,那双圆溜溜的小眼睛好奇地张望着这个世界。两个月来的不吃不喝让我的身体瘦弱到极点,饥渴到极点,但是我还要坚持,坚持到我的"小刷子"蓝妮回来的那一刻。

我张开嘴,它就把嘴甚至把整个头都探进我的嘴里,我的嗉囊里仅有的一点黏液是它的"初乳",那是食物的精华,是最好的营养。它一边津津有味地吃着,一边"唧唧"地叫着,那是在对我说:"好吃,真好吃。"

"小杰森多吃些吧!"我无限爱怜地说着。

打败贼鸥夫妇

唧唧声越来越多,越来越大。哦,原来许多宝贝出生了。诺尔也像一个父亲那样,用嗉囊里的黏液喂养着原本是德诺的孩子,还给它起了个名字——"小不点"。

不知是不是因为"小不点"遭到那次变故,它明显比同龄的宝宝弱小,当它和别的小企鹅一起奔跑的时候总是远远地落在后面，走几步路就气喘吁吁。当杰森和同伴们"野心勃勃"地奔跑着四处探索时，"小不点"却颤巍巍地躲在角落里羡慕地望着。

渐渐地，诺尔对"小不点"失去了兴趣，它的眼睛总是时不时地窥视着杰森。"爸爸！爸爸！"我听到杰森一阵阵惊恐的叫声！不远处诺尔这个贼正把杰森压在身子底下，边压边说："杰森，做我的儿子吧，我会喂养你的！"这个不知廉耻的东西，它趁我假寐的时候，试图通过花言巧语再加上一点暴力让杰森认贼作父。我不顾一切地冲上去，和它扭打作一团。我用嘴啄，用脚踢，用脑袋撞击，打得这个坏东西没有防守之力，最后哀求着我："放了我吧，我再也不敢了！"我气冲冲地领着杰森离开了。

到现在我也没有告诉德诺那个秘密。直到那一天来了。

贼鸥夫妇又在兴风作浪，它们扇着巨大的羽翼扑过来，所有的父亲们都匆忙把孩子护在身下，伸出喙来做好了迎战的准备，只有诺尔无动于衷。

贼鸥夫妇的目标是"小不点"，它们向着"小不点"冲下来，伸出嘴去啄，"小不点"发出刺耳的哭声，诺尔这个养父却装作没听见。我想，这苦命瘦弱的"小不点"难逃厄运了。

"这也是一条命啊！"这时，令人惊奇的一幕出现了。只见德诺像疯了一样地跑过来，它蛋囊里的被磨得光溜溜的石子滚落下来，"孩子，钻到我的身下！"

于是，"小不点"躲到了德诺的肚皮底下。德诺伸出嘴回击着贼鸥夫妇，母贼鸥趁机用喙雨点一样密集地啄着德诺的背部、颈部。我心里的正义被激发出来，什么明哲保身，什么惧怕报复，统统扔到爪哇国去吧。"快点救救德诺，救救这孩子，它原本就是德诺的孩子呀！"众企鹅都纷纷跑过来朝贼鸥夫妇一顿猛啄，公贼鸥的头上冒出了鲜血，它的妻子惊慌失措地喊了一声："快跑呀，我听到咱们的孩子在哭！"于是贼鸥夫妇慌忙逃窜。当时，我以为"孩子在哭"是它们逃跑的借口。

后面的战争我不说你也知道，怒发冲冠的德诺杀死了诺尔，我们都拍手称快。德诺以加倍的爱悉心抚养着"小不点"，除了喂它吃的，还用嘴轻轻地为它梳理绒毛，领着它到处玩，夜里整宿整宿地不睡，看着它，生怕出什么意外。渐渐地，"小不点"的身体越来越好，能和杰森一起去玩了。

"嘎嘎嘎！还我的孩子！你们这两个贼！"这是公贼鸥的叫声。

我们都抬起头向对面望去。远远的，贼鸥夫妇向地面俯冲下来，那劲头简直像要拼个鱼死网破。地面上是两只我们的同类，我定睛一看，它们就是曾被贼鸥偷食了蛋宝宝的吉利斯和艾薇儿夫妇。地面上还有一只贼鸥幼鸟，虽然那颜色、体形和企鹅的幼鸟差不多，但我们能一眼看出不是企鹅，企鹅总是直起身子，尾巴下垂。而这只幼鸟却趴着身子，尾巴高高翘起。

"滚开，你们才是贼，是你们先杀死了我们的孩子！"

"快点还我们孩子，你们整天藏在树底下，趁我们外出的时候诱骗孩子下来,你们这两个奸诈的东西!"公贼鸥怒不可遏。

艾薇儿的声音在颤抖:"不,是你们把吉利斯引开,然后袭击我,把我的宝宝吃掉,你们才是真正的贼!滚开!"

一场地对空的激烈战争打响了,双方都挂了彩。这战争在一天中打了五场。

杰森好奇地问我:"爸爸,这只小鸟长大后和我们一模一样吗?"我不置可否。

最后一场战斗异常惨烈——贼鸥夫妇朝自己的孩子凶猛地啄着,尽管吉利斯和艾薇儿死命保护也无济于事。

贼鸥的幼鸟死了,从那以后我们再也没看见过贼鸥夫妇,也没看到过吉利斯和艾薇儿,据说它们提前回到了大海。

蓝妮的嘱托

太阳红润润的,空气中开始有了暖洋洋的气息,南极的春天来了。所有的企鹅都在向海的方向张望。

"妈妈什么时候回来呀,爸爸?"

"很快就回来了,会给你带来好多营养品,吃得你胖胖、壮壮的。"

"妈妈叫什么名字?"

"叫蓝妮呀,你怎么忘了,宝贝?"

"不是，它叫小刷子，我听见你梦里叫过好几次'我的小刷子'呢！"

"呵呵，你这个小鬼……"

远处出现了许多蠕动的小点点，一声欢呼声过后是更多的欢呼声！是它们，真的是它们回来了！

我翘首眺望着。

德诺的妻子看到活泼可爱的孩子又亲又吻，德诺和所有的企鹅都没有对它说起那个并不美好的插曲。

在别人欢愉的时候，我心急如焚，我在不停地寻找，不停地呼唤："蓝妮，蓝妮！我和孩子在等着你呀！"

一天过去了，没有；两天过去了，没有；直到五天都过去了，我还是没找到我的蓝妮。许多雄企鹅完成了和妻子的换岗，恋恋不舍地去海边捕食补充能量了。一只雌企鹅从我身边走过时说道："老兄，快点去海里洗个澡吧，我丈夫说今年的磷虾最鲜美！"

我不去理会它是好意还是恶意，只是淡然地笑笑说："我在等蓝妮。"

我瘦弱的身体里的能量都变成嗉囊里的那点黏液喂养了杰森，我瘦得像把干柴，走路都不稳了。

"爸爸，妈妈在哪里呀？你骗我，骗我！"

"孩子，再等等吧，说不定妈妈要多捕些东西回来喂你。"

我的脑海中，一幅幅不祥的画面不停地涌现。

德诺走过来用翅膀拍拍我的肩膀怜惜地说："该走了，再不走就没命了！"我仍然笑笑什么也没说。

很多等不到妻子回来的雄企鹅都丢下孩子走了,那些孤儿的哀号刺痛了我的心。杰森的眼里有抹不尽的泪水,我知道它在想什么。

我不走!蓝妮那双痴痴凝望我的眼睛与前世的"小刷子"定定望着我的眼睛重合在一起,我怎么能没看见它就走?怎么能丢下我们爱情的结晶走呢?

"萨尔多,你在哪里呀?"萨尔多的妻子梅腊达声嘶力竭地呼喊。啊,世上又多了一颗痛苦的心。无数声的呼唤也没听到一声回应。

这时,我忽然从梅腊达的声音里听到我的名字:"杰西,你在哪里呀?"

我简直不敢相信自己的耳朵,又一句同样的话撞击着我的耳膜。

"我在这里!在这里!"我急忙应答道。

梅腊达跑了过来,它的眼睛里满是焦灼,泪水滚滚滑落下来:"你的妻子遇难了。在海豹嘴边挣扎的时候,它说的最后一句话是'梅腊达,告诉杰西我不是前世的那只小刷子,我是被它啄跑的雌企鹅!'"

"妈妈!妈妈!"杰森夅开小翅膀号啕大哭。

我蒙在那里,泪水如决堤的洪水流下来。

透过层层的时间迷雾,我记起了前世的它——在情窦初开的年纪,我爱上了一只刷子。饲养员姑娘拿起刷子"刷刷"几下就把地板上的污渍清除干净,当那姑娘拿着刷子轻轻刷在我身上时,酥酥的、痒痒的,一种异样的感觉涌上心头。懵懂的我开始把刷子当成我的恋人，看它身上的尼龙毛，看它那只小小的定定望着我的眼睛，它的每一个地方在我看来都充满了神奇的魔力。

当饲养员偶尔拿走它时，我的心里便空落落的，吃不下、睡不着。有一次那个饲养员姑娘病了，临时代替她的是一个小伙子，他没有拿那只刷子。我心急如焚，真怕再也见不到它了，冲着那小伙子"嘎嘎嘎"地叫，以至于小伙子说我病了。这时，一双关切的眼睛望着我。忘了告诉你，这里是有六只企鹅的一个群体。它轻轻走过来，轻声细语地问我："怎么了？"当时我心乱如麻，心想，你们怎么能理解我的情感呢？我吼了一句："滚开！"它悻悻然地离开了。

在日思夜想中，饲养员姑娘回来了，带回了那只刷子，我兴冲冲地跑过去，拍着翅膀"嘎嘎嘎"地叫着，我忘情地望着它。这时，又是它——那只雌企鹅轻轻地走过来，诧异地望了望刷子，又望了望我，失声说道："它不是我们的同类，它只是一只破旧的刷子！"啊！它竟然敢诋毁我的恋人，我的最爱。我怒不可遏地冲上去，用尖利的喙去啄它，后来饲养员把我拉开了，并把我狠狠训斥了一顿。她还把那只"惹祸"的刷子扔了！那只刷子把我的心也带走了，后来我抑郁而终。我还记得临死前，那只雌企鹅轻轻走过来，用幽怨的眼神望着我，说了一句："你下一世不要只记得那只刷子呀！"

……

我百感交集，泪流如注。

"唧唧，我饿了，爸爸，我饿了！"杰森张着干渴的小嘴叫着。

出于母性的本能，梅腊达没有离开，它张开嘴，这时杰森把自己的小脑袋伸进它的嘴里，尽情地吃起来，梅腊达顺势把小杰森搂在怀里亲吻着："我的孩子！我的孩子！"

几天过去了，梅腊达没有离开，在它的精心哺育下，杰森变胖了。

那天早上，梅腊达低着头轻轻对我说："你去海边吃些东西吧，杰森由我照顾，我在这儿等着萨尔多。"我感激地望了它一眼。

正当我要离开的时候，一只从海边回来的雌企鹅带回了萨尔多的死讯：它的尸体在海边被贼鸥夫妇啄食殆尽。梅腊达哭得死去活来，稚气未脱的杰森说："梅腊达阿姨，你还有我，还有爸爸，我们可以组成一个家呀！"

梅腊达不知所措地望了一眼同样不知所措的我，幽幽地说："蓝妮还说了一句话，让你再找个伴儿……"

我怔住了。

虎鲸的名片

体形最大的鲸鱼

虎鲸体形大、分布广。成年雄性虎鲸身长可达8~10米，是海豚科中体形最大的一种。虎鲸的外表特征明显：身上的颜色黑白分明，背部为黑色，两眼后上方各有一个白色椭圆形斑，腹部一般是雪白色；表面光滑，皮肤下面有一层很厚的脂肪用来储存身体的热量；头部较圆，鼻孔在头顶的右侧；牙齿锋利，善于进攻猎物。虎鲸的分布范围很广，从赤道到极地的海域，甚至许多封闭或半封闭的海域，如地中海、墨西哥湾、红海和波斯湾等，都有它们的身影。

海上霸王

虎鲸智商很高，善于进攻，并且非常有策略，是海上最聪明的动物之一。它们在捕食时喜欢声东击西，先派一头壮硕的虎鲸露出大大的背鳍在水面游荡，吸引猎物的注意力，其他虎鲸则迅速下潜，然后跃出海面捕食猎物。凭借这些优势，它们能够追赶和捕杀海洋中很多顶级捕食者。

虎鲸的嘴很大，上下颌共有四五十颗圆锥形的大牙齿，能活吞一只海狮；它们是游泳健将，泳速最快可达55km/h；它们的大脑很发达，身体也很有力量。虎鲸的食物非常多，包括鱼类、其他鲸类、鸟类和爬行类动物等，是企鹅、海豹等动物的天敌。有时它们甚至会袭击大白鲨，是当之无愧的海上霸王。虽然如此，但是虎鲸从不攻击人类。

鲸类中的"语言大师"

虎鲸是鲸类中的"语言大师"，能发出62种不同的声音，每种声音都有各自的意义。例如在捕食鱼类时，它们会断断续续发出一种类似于用力拉扯生锈铁门窗铰链的声音，鱼类在受到这种声音的恐吓后往往会不知所措。虎鲸不仅能够发射超声波，通过回声寻找鱼群，还能够通过超声波判断鱼群的大小和位置。

虎鲸的叫声非常有震慑力，连凶猛的鲨鱼听到它们的声音都远远避开。科研人员也利用这个特点来改造海滩，让游人聚集的海滩免受鲨鱼侵扰。

相亲相爱的群体

虎鲸喜欢群居，小群一般有两三头，大群则有四五十头。虎鲸因为肺部充满了足够的空气，所以每天总有两三个小时静静地漂浮在海面上。一个群体里的虎鲸相互之间经常保持接触，亲热而团结。如果群体中有虎鲸受伤或者发生意外，其他成员就会前来帮助。为了互相照应，它们就连睡觉时也是扎堆的。它们互帮互助，在成长中一起旅行、进食、休息。

虎鲸的保护

虎鲸是非常聪明的社交动物，天生就适应在海里长距离地迁徙、觅食、游玩，而无法在圈养环境中健康成长。在大自然中，雌性虎鲸的平均寿命是50岁，很多能活到80或90岁，而在圈养环境中出生的虎鲸，全都活不过30岁。虎鲸已被列为濒危物种,也是我国的二级保护动物,一些国家如法国已经明令禁止圈养虎鲸。但人类对虎鲸的保护意识还远远不够。